闪亮的日子

张鸿东 著

海峡出版发行集团
THE STRAITS PUBLISHING & DISTRIBUTING GROUP

海峡文艺出版社
Haixia Literature & Art Publishing House

图书在版编目(CIP)数据

闪亮的日子/张鸿东著. － 福州:海峡文艺出版社,
2019.11(2024.3 重印)
ISBN 978-7-5550-1890-2

Ⅰ.①闪… Ⅱ.①张… Ⅲ.①散文集－中国－当
代 Ⅳ.①I267

中国版本图书馆 CIP 数据核字(2019)第 100643 号

闪亮的日子

张鸿东 著

出 版 人	林 滨	
责任编辑	何 莉	
出版发行	海峡文艺出版社	
经 销	福建新华发行(集团)有限责任公司	
社 址	福州市东水路 76 号 14 层	
发 行 部	0591－87536797	
印 刷	三河市兴博印务有限公司	
厂 址	河北省廊坊市三河市杨庄镇大窝头村西	
开 本	890 毫米×1240 毫米 1/32	
字 数	100 千字	
印 张	3.5	
版 次	2019 年 11 月第 1 版	
印 次	2024 年 3 月第 2 次印刷	
书 号	ISBN 978-7-5550-1890-2	
定 价	26.00 元	

如发现印装质量问题,请寄承印厂调换

自　序

　　转业后的某一日，我在微信朋友圈里发了一篇生活感悟，没想到被不少朋友阅读并转发，引发了不小的共鸣，好些朋友都说感动得哭了。我在感到惊讶的同时，也受到了激励和启发，便思酌着应当多写一些随想来和朋友们分享。

　　从地方到部队，从部队回地方，都是人生旅程的重要转折。对于每位转业干部来说，脱下军装的日子，都是一段全新的历程，是一段难忘的时光，而这段时间的心情和感悟，也是人生重要的精神财富。

　　2015 年，在走完 20 年从军之路后，我也加入了转业干部这个队伍，从宣布转业命令的那一天开始算到今天，正好是 4 周年。在脱下军装到地方参加工作的这些日子里，有过不舍、不安和不适，也有过新奇、欣喜和兴奋。但不管如何，我始终不曾忘记自己的梦想，不曾放弃自己的追求。

　　20 年的军旅生涯，在我心里刻下了深深的烙印，使我更懂责任和荣誉的价值，更理解感恩和奉献的意义。在脱下军装的日子里，我不断告诫自己：任何时候都不能给军人形象添乱抹黑，任何时候都不能因军旅生涯居功自傲，我须以一个新的形象面貌，去适应新的工作生活，去实现新的人生价值。

　　转业到水利系统后，我始终怀着"退役不褪色，转业不转志"的信念，把对国防事业的留恋转换为对水利工作的热爱。虽然在转岗的过程中，也曾遇到过各种困难和挫折，也曾感到过巨大的压力和挑战，但我始终秉持着部队养成的吃苦耐劳、顽强拼搏的精神，努力去学习，努力去适应，我相信，"秋来便有欣然处，新种莼丝已满塘"。

　　闲暇之余，我将自己人生新征程中的所见、所闻、所感记录下来，加上之前的一些文稿，整理成册交付出版，算是给自己这段心路历程的一份纪念，也借此感谢一路以来鼓励我、支持我、帮助我的朋友们，同时谨以此书献给退役和即将退役的战友们，祝愿大家在新的岗位上工作顺利、生活愉快！

2019 年 3 月 31 日

目　录

岁月如歌

脱下军装的日子 ……………………………………………… 3

半岛山的风 …………………………………………………… 5

有些遥远的记忆 ……………………………………………… 8

那些闪亮的日子 ……………………………………………… 10

四十不惑 ……………………………………………………… 12

岁月的痕迹 …………………………………………………… 14

从中山老街到三坊七巷 ……………………………………… 16

无问东东 ……………………………………………………… 18

那一年 ………………………………………………………… 20

跨年四夜 ……………………………………………………… 22

陪你去看流星雨 ……………………………………………… 25

匆匆那年 ……………………………………………………… 26

匆匆那年（续） ……………………………………………… 27

免费的拥挤 …………………………………………………… 28

梦　境 ………………………………………………………… 29

让胡须长得快一些 …………………………………………… 30

人生如茶

假如人生可以倒带 ……………………………… 33

一直善良，你就会幸福 ……………………… 35

懂你，就是对你的最大支持 ………………… 37

还能工作，你就已经很幸福啦 ……………… 39

透过你的窗户看风景 ………………………… 41

人生最好的状态 ……………………………… 43

最好听的音乐在公交车上 …………………… 44

云淡风轻 ……………………………………… 45

情人节随想 …………………………………… 46

爱的理由 ……………………………………… 48

简单就好 ……………………………………… 50

静静的校园 …………………………………… 52

一个人的晚餐 ………………………………… 53

你忙吗 ………………………………………… 55

换新车 ………………………………………… 57

知错就改 ……………………………………… 58

下一步，我们还要发明什么呢? …………… 60

充　电 ………………………………………… 61

参观福州熊猫世界有感 ……………………… 62

我要写什么 …………………………………… 64

诱鼠记 ………………………………………… 65

关于股票 ……………………………………… 67

童心如画

秋天的图画 ················· 71

关于时光（一） ················· 73

关于时光（二） ················· 74

致孩子的童年 ················· 75

爱的表达 ················· 76

二十年后回故乡 ················· 77

毕业季随想 ················· 78

亲情如酒

我的伯父 ················· 87

十年前关于父亲的随笔 ················· 90

十年前关于母亲的随笔 ················· 91

十年前关于弟弟的随笔 ················· 92

十年前关于爱人的随笔 ················· 94

十年前关于孩子的随笔 ················· 95

多和老人在一起 ················· 97

我与自行车的故事 ················· 99

调味生活 ················· 102

岁月如歌

岁月如歌，时光静好，
走过便是风景。

脱下军装的日子

早晨起来，开车在小区里绕了好几圈。小区是 20 世纪 90 年代建的，没有地下车库，周边又是福州最繁华的闹市区，停车费贵得惊人，因此小区地面十几个免费停车位的紧张程度可想而知。

在部队上班的时候，每周一一大早我就开车到单位，周五再开回来，周末陪陪家人，经常也要值班或加班，所以一直没什么时间和精力去想抢车位的事。虽然尝试几次，但也很少有抢到车位的时候，所以基本就放弃了享受免费车位的奢望，每月不得不多花费几百元的停车费，有时还会收到几张交警贴出的违章停车罚单。

自从转业命令正式下达后，我有了半年多的时间，不用上班，等待新的工作安排。于是，向往已久、自由自在、无拘无束的日子就这样开始了

可以睡懒觉了，可是不管多晚睡，早晨还是 6 点半醒来，7 点 15 分起床，似乎比在部队上班时还更准时。

穿好衣服站在镜子前，第一次发现穿便装都找不到感觉了，再也没有以往周末换上便装时的那般轻松喜悦。想起在部队的时候，我都会在宿舍里放一面大镜子，每天起床，在镜子前整理好

岁月如歌

着装，看到镜子里穿军装的自己，一种神圣感和使命感油然而生，心里便充满着责任感和底气。我想，这一点也就是为什么我们军人面对地方更好经济条件、更高生活品质的诱惑仍能不为所动的坚定信念吧！

终于有车辆陆续开出小区，我不但挤到了车位，而且还能选择更好的停车位置。是啊，现在还有谁耗得过我，我可以从上午8点挨到12点呢，不行下午接着耗。不上班，虽然没法多挣钱，但省点停车费还是可以的！

事实上，每天上午8点开始，不出半小时，总会有车位空出，因为总会有人开车去上班的。

停好车，锁好车门，突然想，上午去哪儿呢？下午怎么安排呢？以前工作忙的时候老盼望着有更多的空闲时间，现在终于有了，却不知怎么打发了。

逐渐意识到，20年的军旅生涯，已经在我心里刻下了深深的烙印，繁忙也好，孤独也罢，都已经习惯并适应了。而今，那金戈铁马、枕戈待旦、热血沸腾的生活已离我远去了。

我知道，脱下军装的日子，也会像当初从地方到部队一样，有忐忑有不安，所以，脱下军装的日子，我也只能像当初穿上军装的日子一样，勇敢面对自己的选择，努力去适应，去转变，努力做更优秀的自己。

半岛山的风

烦躁闷热的午后，忽然下起了暴雨。雨后的福州，一下子就变得凉爽了起来。人们在大街小巷蹚河涉水，虽有不便但心情很不错，微信上到处都有朋友们晒出的"海"景。

回到家，打开窗，一阵清风扑面而来，站在窗外，尽情感受着微风拂过每一寸肌肤的清凉惬意，我闭上眼睛，凝心聚神，静静享受着这随风而来的清新空气。

我呼吸着，陶醉着，细细品味着这难得的清风。而在这细细品味中，忽然感觉还是有些不满足，不过瘾，总觉得风中还是缺少了一种味道。那是一种带着淡淡咸湿、淡淡鱼腥、淡淡黏稠的海的味道。

于是记忆又回到那座令人魂牵梦绕的半岛山，想起那曾经日日夜夜相随相伴的海风。

那是一座三面环海、人烟稀少的高山，山上除了部队没有其他居民，离市区有三个多小时的车程。十六年前，刚从军校毕业的我们，就这样打着背包，意气风发地奔赴这里。

单位派来接我们的大客车，从高速下国道，从国道转县道，再从县道拐上乡村土路，一路颠颠簸簸，终于来到了一个叫 S 弯的陡坡，从这个地方开始就是营区道路了。而一上 S 弯，映入眼

5

帘的便是一片蔚蓝的大海，一下让人觉得心旷神怡，当窗外的海风吹进车里时，所有的舟车劳顿便烟消云散了，我们便也就爱上了这半岛山的风了。

于是，在工作训练之余，我总会和同事一起去爬山，去感受站在高山之巅，面朝大海，张开双臂，迎着海风，大声呐喊的酣畅，再多的烦恼，再多的忧愁，都会随风而散。

当然，也并不都是这样的惬意。风雨交加、云雾不散、衣服晒了20多天都不干、床底下长出蘑菇的时候也会让人觉得烦恼；寒风呼啸、冰冷刺骨、窗外树木被摇得沙沙响、老旧门窗被晃得厉害、又冷又吵睡不着觉的时候也会让人觉得孤独；台风肆虐、蛇虫出没、大树被吹断道路被阻断、营区停水停电一片狼藉的时候也会让人觉得害怕。

因此，当新鲜劲过了之后，也曾讨厌过这挥之不去的海风，也曾有过调动工作的想法，但更多时候，只是"夜里想想千条路，早晨起来走老路"的感慨。而风还是一样地吹，日子还是一样地过。

渐渐地，我们适应了这半岛的风，心中也更多了一份责任和坚守，也更多了一份顽强和坚韧，就像这山上的马尾松，扎根在这贫瘠的岩石里，无论暴雨狂风，始终屹立不倒。

春风拂面的时候，我们唱着《第二故乡》："云雾满山飘，海水绕海礁……"

夏日炎炎的时候，我们三两成群地坐在宿舍楼前的石凳上，在树荫下吹着凉爽的风，畅谈工作生活的感受。

秋高气爽的时候，我们爬上附近的山坡，去看那漫山遍野的野菊花在风中婀娜摇曳，或采几束放在桌上，或晾干做成枕头，让花香溢满房间。

寒冬腊月的时候，我们听着远处小渔村传来的新年鞭炮声，就在营区大门上贴上红红的春联。"雾浓思乡远，风寒边关近"，我们把对故乡对亲人的思念，转化为献身国防的抱负和决心，转化为骄傲地为祖国人民站岗放哨！

半岛山的风，就这样拂在身上，吹进心里，刻进生命里。

很多年以后，我们都离开了半岛山，而半岛山的风，却一直都在我们记忆里，那么让人留恋。

有些遥远的记忆

前几天在朋友圈发《毕业季随想》的时候，亲自把我们从军校接到分配单位的老领导在评论里问我："假如时间可以倒流，是否还愿回半岛山?"我立刻回复："肯定还愿意，那是终生难忘的地方，虽然艰苦却也留下了很美好的回忆，留下了深厚的战友情，这些是我一生中最宝贵的财富!"

回复完我在想，以前偶尔问自己这个问题时，得到的回答好像并不都是这样坚决肯定的。在那段艰苦的岁月里，我也曾有过迷茫和失落，也曾有过犹豫和畏惧。从相对舒适的城市生活到偏远的海岛小山村，自然环境的恶劣和生活条件的艰苦暂且不提，就单说人烟稀少、通信不便、外出受限这些，就让正值青春年华、向往多彩生活的我们感到煎熬和不适。

记得那时请假外出叫"下山"，单位每周都有班车到福州，但"下山"名额是有严格限制的，单身干部每季度才能享受一次这样的待遇，有时候因为车上的座位不够，请好假了同事还要被临时挤掉。每次看着去福州的班车扬尘远去，车下的战友都充满羡慕。偶尔有同事调往福州市区，大家都前往相送，在帮忙搬行李的时候也会想，什么时候轮到别人来帮我搬行李，那该有多幸福呀!

有一次，父母从老家绕道福州来单位看我，我极力表现出很轻松很安心的样子，就是不想让他们为我担心。但他们在经历了长途汽车的颠簸，看到我简陋的宿舍时，还是很心疼地问我："什么时候才能调到福州？"而面对这个问题，我无法回答，也只能表示无奈。

幸好，也不全是这样的心情。单纯的我们逐渐降低了对生活的要求，一点小小的满足就会让我们感到开心快乐。而对事业的追求一直激励着我们，对工作的热情也让我们的内心感到充实，也正是有了这样一种信念，我们才能始终保持那种坚定和执着，安心地扎根海岛山头。

"哪有什么岁月静好，只不过是有人替我们负重前行。"每每读到这句话都深有感触。有时候，无私并不是与生俱来的，艰苦体验也未必是我们主动想要的，但是，既然在这个岗位上，我们的肩上就多了一份责任，我们就别无选择，必须勇敢担当。

人生中，有一段替别人负重前行的岁月，也是一件值得骄傲和欣慰的事。负重前行的岁月过后，我们变得更坚强，更懂得珍惜和感恩，这就是收获，也是我们对那段岁月无悔的理由。

那些闪亮的日子

又是一年八一建军节，每到这个日子，我就会想起电视剧《士兵突击》里的那个片段：演习从 7 月份开始进行，在实力悬殊的对抗中，许三多所在的分队虽然拼尽全力，最后依然在八一节前夕败下阵来，分队在野外休整的时候，气氛很是沉闷，班长走到许三多面前，看着低头不语的他，用劲地拍了拍他的肩膀，说："三多，班长祝你八一节快乐！"只见许三多立刻抬起了头，神采奕奕地望着班长，欣喜地说： "班长，我也祝你八一节快乐！"

喜欢看《士兵突击》，也是因为剧中的情景比较真实。每年七月开始，都是作战部队演训的重要时期，每到这个时候，大家的工作强度都非常大，精神高度集中。两地分居的干部，难得小孩放假，家属请假带着孩子来部队探亲，却遇上丈夫马上要进行野外驻训，只得匆匆告别。记得在一次全部队先进人物事迹报告会上，一位家属代表深情地说："相聚的时光对我们来说，就像是天空中的流星，也像是盛开的昙花，只炫烂了那么一刻，就又让我们开始了漫长的等待。"在场听报告的同志无一不动容落泪。

因为时间紧任务重，八一节是不可能放假的，唯一不同的是，晚餐时，每桌可以多加两道菜，再放上两瓶可乐。餐前部队首长致辞："今天，是我们的节日，我代表部队党委向广大官兵致以节日的问候，感谢大家默默无闻地牺牲与付出，也向支持部队建设的官兵家属表示衷心感谢！下面让我们以可乐代酒，一起干杯！"然后，官兵们举起杯，一声"干"字响彻营区。

印象很深的一年夏天，我带队到外地的海边驻训，部队就驻扎在海滩边上，官兵们每天都要顶着 40℃ 的高温在海边训练，个个都晒得黑黝黝的。临时搭起的帐篷在烈日的暴晒下，中午热得根本无法休息，晚上因为我们实在困了才勉强入睡。八一节前夕，军团演出小分队来驻场慰问，给官兵们带来一场专场演出。舞台就搭在海边的沙滩上，迎着阳光，面朝大海。演员们演出那么多年，从未见到过这么美的舞台，大家都很兴奋，表演也很投入，官兵们在紧张的训练中，近距离感受了艺术的魅力，心情变得轻松和愉悦。当演奏《听海》的萨克斯响起时，全场寂静，场外观看演出的老百姓也安静了下来，大家一起随着悠扬的旋律，伴着阵阵海浪，沉浸在美好的时空里。这是我到目前为止听到的最美妙动听、最有感染力的一首萨克斯曲。

多年以后，那个在有空调的办公室里上班、在 24 小时有热水的家里住着的美好愿望已变成了现实，而回首从前，那些充满激情、苦中作乐的时光才是我人生中最闪亮的日子。

11

四十不惑

伯父伯母来福州，要给我做 40 岁生日，几个亲戚也都给我包了红包带来，我说别别别，我哪有那么老呀，我离 39 岁生日还差几个月呢！

伯母说，老家都是算虚岁的，四十岁生日是人生第一个需要亲戚朋友送礼祝福的生日。

还真是，不知不觉，我都已经迈入 40 岁的门槛啦，难怪最近打球稍微激烈一些，下场后总感觉腰酸腿疼的。

中午吃饭的时候，我问儿子，三十而立、四十不惑是什么意思呢？儿子说，就是指人到三十岁要成家立业，到四十岁要不被外界所迷惑。

我在想，三十岁成家是做到了，立业却还谈不上。那么，四十岁要不被外界迷惑显然也是不可能的，那么我能做什么呢？我能做的就是不要去迷惑别人吧！

昨天打球间隙听同事聊起炒股的感受，说现在真是个纠结的时期，不炒股后悔，炒股了也后悔；炒早了后悔，炒晚了也后悔；股票跌了后悔，涨了也后悔。这真是充满诱惑又充满困惑的年代呀！

孔子曰："三十而立，四十而不惑。"这"而立"与"不惑"

寓意很是深奥，到了不惑之年，自己就应慢慢习惯这个新阶段，而对于"不惑"的感悟，就像在一餐正午的盛宴之后，已经有些懒洋洋的，虽然心底对盛宴的绚烂回味不止，可明明白白地知道那已是一去不复返了。

岁月的痕迹

　　前几天和一位快退休的老同志一起吃饭，他说他刚参加工作的时候感觉自己是新同志，可是到了快退休了，居然还是没有老同志的感觉。

　　虽然我还没有到那个年纪，可是我也渐渐有了这样的感觉，刚毕业时看那些工作三四年的同事就觉得自己好成熟。可现在自己参加工作都已经十五年了，还是觉得没有想象中这个阶段该有的成熟感。

　　现代快节奏的忙碌生活常常给人造成一种错觉，不知不觉一周过去了，不知不觉一个月过去了，不知不觉一年过去了。以至于我们的心态还没来得及转换和适应，时光已经溜走了。

　　那天晚上，我和几个大学同学一起在安泰河边吃饭，饭后大家都有没急着回家，我们就一起散步，穿过错落有致的三坊七巷和灯光璀璨的东街口，在感受美好同窗友谊的同时，也感慨时光匆匆。十五年了，即使大家都在福州，像这样的温馨聚会也没有几次。

　　时间都去哪儿啦？岁月留下了什么呢？

　　同学说，以前喜欢和同事喝喝酒闹一闹的，现在没兴趣了，而且喝得晚一些人就会犯困。我也想到以前为了到外面打一次羽毛球，可以走二十分钟的路，再转三趟公交车，刮风下雨都乐此不疲，而现在虽然可以自己开车了，自由支配的时间也多了，但热情却远不如从前了。

也许，这就是岁月给我们留下的痕迹吧！

假如人生的角色可以互换，如果拿一个五六十岁的成功人士和现在的我互换，那我肯定不干，我还没有好好享受这美好的奋斗历程呢！如果拿一个二三十岁的年轻气盛的小伙和我互换，我也不干，重来的时光，我不知道还能不能再遇见这么多这么好的亲人、同学和朋友呢！

岁月，就是在刚刚好的时间，遇到刚刚好的人，做刚刚好的事。不管你有无闲暇、在不在意，总会留下些痕迹，而在这些痕迹的背后，我们总在成长，总会有收获。

从中山老街到三坊七巷

　　妈妈每次从洛阳回老家，都会在福州中转，在我家住上几天，这次也一样。每次和妈妈聊天，都会从妈妈那儿得到更多关于老家的消息，即使洛阳远离老家一千多千米，妈妈也总是能很准确地说出哪个亲戚娶儿媳妇了、哪家邻居的孩子出来工作了、哪位老人又过世了……

　　妈妈的话语总是能很快把我带入年少时的记忆。哦，某某还是我小学同学呢，某某以前经常给我糖吃呢，这么快就走了？

　　虽然还没到喜欢回忆的年龄，也没太多时间让我去对故乡有所惆怅，但在某个时刻，我还是会突然思考起人生来，不经意回望一路走来的风景，想象自己未来的样子。

　　老家是一个有着悠久历史的小镇，是千百年来客家人在南迁后的聚集地之一，它历经沧海桑田，几度繁华落寞。我小时候就住在镇里最有历史、最具代表性的一条老街上。

　　老街只有一百多米长、两米多宽，街两边的商店各留出约一米的檐廊，让步行购物变得十分方便，即使下雨也不用担心会淋雨。老街的今天已年久失修、破旧不堪，但仍有不少传统的商铺：卖草药的、编竹笃的、搞修理的、理头发的、卖仙草冻的。走在颠簸不平的路面，仍能感受老街曾经的热闹与繁华。

儿时穿梭于老街热闹的人群，听大人们讲着小镇的故事，在为小镇的历史骄傲，为生活在热情友善、充满亲情的客家群落感到安逸幸福的同时，仍然向往着外面更大、更繁华的世界。

记得考上大学时，我第一次坐火车，从早上开始，十几个小时，一路上充满惊奇和欣喜，居然一点儿也没觉得累。到福州已是晚上八点多了，看到窗外璀璨的街灯，我一下子就被吸引住了，心想这就是我向往的城里吧，我要是能留在这样的地方生活该有多幸福、多精彩啊。

也就是因为这个信念，二十年来，我一直留在了这个城市。如今，因为孩子上学的原因，我住在城市最中心的东街口，旁边，就是福州的城市名片——三坊七巷。

每次走在三坊七巷，我就会想起老家的古街，虽然古街相比于三坊七巷，不论是规模还是繁荣程度，都明显是小巫见大巫，就像小镇相比城市，完全不在一个数量级上。

但我却再没有更多的感叹和惊奇，从陌生到熟悉，一切都变得自然而然。心想，城市有城市的风景，小镇有小镇的味道，待在城市烦了，怀念小镇，待在小镇腻了，向往城市。

客家人最大的特征就是迁徙，从前的迁徙，路途漫长，虫蛇相伴，困难重重，所以迁徙都要有一定的规模。而如今，随着社会的发展和交通的便捷，迁徙似乎变得轻松许多，从这个城市到那个城市，可以孤身行动，说走就走，说安家就安家。

想起以前我弟弟打算在洛阳工作的时候，爸妈曾让我一起劝说弟弟回福建工作，我说我们客家人都是从河南迁徙过来的，弟弟去洛阳，算不算也是一种回归呢？而如今，我的孩子有意无意跟我说长大要出国工作的时候，我却不知道该不该阻拦。

落脚某地、遇见某人，都是偶然，而迁徙、离开，却是必然。

17

无问东东

　　儿子最近在背诵《匆匆》，每次坐在小车的副驾驶位上，都要考我几句，答不上来的时候我就认怂："儿子，还是你厉害，给我完整背一遍呗！"然后他就很开心地一字不漏地背了下来。我静静地听着，虽然文章不长，却总能让我陷入沉思，随文字在时间的河流里徜徉。心想朱自清当时是多大的年纪，有过怎样的生活体验和人生感悟，才能写出这优美流畅、催人深思又耐人回味的文章。

　　"我不知道他们给了我多少日子，但我的手确乎是渐渐空虚了。在默默里算着，八千多日子已经从我手中溜去，像针尖上一滴水滴在大海里，我的日子滴在时间的流里，没有声音，也没有影子。我不禁头涔涔而泪潸潸了。"八千多日子，算下来他当时也就二十出头，居然对时间有如此透彻的理解和如此虔诚的珍惜，真不愧是名家大师。

　　我也默默地算着，发现一万五千多个日子已经从我的手中溜去了，离人生平均三万多个日子已近一半了。如此算来，我更是应该头涔涔而泪潸潸了。

　　2006年世界杯的一个晚上，巴西对哥斯达黎加，晚八点开始。我靠在沙发上，没一会儿竟睡着了，醒来时第一时间听到黄健翔那段"伟大的意大利！伟大的意大利的左后卫！他不是一个人在战斗！"经典的深夜嚎叫。而现在再不会有这样疯狂的午夜解说了，即使有我也听不到了，因为午夜我已经入眠了。

前几天，一个高中同学从龙岩来福州开会，晚上八点多挂电话给我，问我有没有空出来一起坐坐。我说好，就去东街口的聚春园跟他碰面。因为刚吃完晚饭不久，那会子也不饿，我们决定先散散步、喝喝茶，迟一点再吃点夜宵。于是两人从东街口一直走到西宾门口，在北大路喝茶喝到十点多，然后再从北大路走回来。回来的路上经过达明美食街，此时的美食街正灯火辉煌、霓虹闪烁，各种烧烤美食琳琅满目，诱惑着人们喝啤酒的欲望，可我还是没有一点点食欲，但觉得同学大老远过来，哪怕吃不下也要陪他喝两杯。于是我认真地问他，要不要喝两杯？同学诚恳地看着我说："可以不喝么？喝了肚子撑，难受。"于是，我们又一起走回东街口，然后告别。想起有人说过的，人若开始注意养生，说明开始老了。

在一次初中同学的聚会上，我们聊起初一时当过我们三天班主任的语文老师，那是给我影响最大的老师之一。我喜欢上他的课，不仅仅因为他课上得好，还因为每次上作文课，他都要把我的作文当范文来点评，让我在初中很有成就感。初中毕业后我就一直没有见过他，据同学们说他已经调到县教育局了。我打算下次回老家时专程登门拜访他，表达我的谢意。虽然没什么大的成就和工作成绩值得一提，但我至少可以向老师汇报，我还在坚持写作，也许他一样会觉得欣慰。

每个人的一生都是一条时间的河流，有激情澎湃的时候，也有平静从容的时候，在匆匆过后，定格在脑海里的，都是有意义的过往。

那一年

那一年，我转业到地方满一年，新的单位，新的岗位，新的同事，有过新鲜、有过兴奋，也有过忐忑、有过迷茫，压力中不忘初心，努力前行。

那一年，福州的地铁开通，东街口的房子更贵了，还是买不起。

那一年，我给自己买了一辆自行车，给儿子买了一辆自行车，陪着他骑车穿过大街小巷，看着他的背影，不知不觉中他已慢慢长大了。

那一年，我参加了高中毕业二十周年聚会，参加了大学入学二十周年聚会，每次聚会都会感慨万千，却又幸福满满。再次担当晚宴主持，发现拿着话筒的自己，已变得从容和自如。

那一年，我依然热衷于羽毛球运动，参加了各种各样的业余比赛，也取得了自己满意的成绩。因为运动，我感觉自己还年轻。

那一年，我无数次提醒自己，喝酒一定要控制好，别喝得太多，别喝得太晚，可每次酒过三巡，什么提醒都失去了效力。于是，喝了、多了、醉了、断片了、难受了，依然不断上演着。

那一年，妈妈打来电话说，家乡的古街已经开始修缮建设了，古镇的旅游规划也全面启动了，我就设想未来把老街上的房子装修成咖啡馆，后院种满鲜花，在阳光明媚的午后，和投缘的朋友坐在藤椅上，慢慢地品着咖啡。

那一年，2016 年；那一年，我 40 周岁。

跨年四夜

2018 年 12 月 29 日，入冬以来最寒冷的一个夜晚。在送儿子去辅导班的路上，我听到悠扬悦耳的歌声从街角传来，于是情不自禁顺着《祝你一路顺风》的曲子寻到这个街角，看到一位高位截瘫的残疾人正在动情地演唱。一曲完毕，他告诉大家，他是南平人，曾经也和大家一样健康快乐地生活着，2002 年在温州打工时不小心从四楼摔下，摔成重伤，而老板却跑路了。他在家躺了几年，万念俱灰。但没想到的是，他唯一的兄弟前几年也因癌症去世，八十多岁的父母难以接受这双重打击，心情沉痛不已，人也变得恍惚。为了给老人多一点希望，他努力站了起来，开始流浪歌唱乞讨的生涯。我认真地倾听着，忘记了自己的行程，在听完他唱完《放手去爱》后才依依不舍地离开，离开时又特地去扫微信捐了一次款。

2018 年 12 月 30 日，一整天都在手机里反复播放头天晚上录下的《放手去爱》，我心中依然感动不已。因篇幅关系，在朋友圈里只能发其中两句，但依然有朋友点赞称被打动。晚上几家人聚会在附近就餐，就餐结束时我建议大家去看看这位歌手，然后大家就一起走到这个街角，大人小孩争先恐后地给残疾歌手捐款。在他唱完表示感谢后，我立刻点了一首我喜欢的《放手去爱》。原本以为我为他带来了人气，他会满口答应，但没想到他回答说："对不起，我先歇一下，喝口水，实在累了，唱不动了。"那一刻，我一点儿也不生气，我觉得他很真诚，特别真诚。

2018年12月31日，这天晚上，我仍然想去听他唱歌。手机收到短信，说东街口跨年夜实施交通管制，想必跨年夜又有好多人在这璀璨的灯光下许下美好的愿望。我正好与几个以前的同事住在附近，便相约几家人一起来东街口跨年。时间掐得很好，离新年不到十分钟了，街道上密密麻麻的人分列街道两边，大家都伸长脖子望着对面的显示屏期待着，但显示屏上却一如既往地播放着煽情的广告。有人告诉我们，出于安全考虑，跨年活动已经取消了，但人群依旧舍不得离去。随着2019的到来，屏幕上出现了"新年快乐"四个字然后瞬间黑屏，大家便互道着新年祝福，虽然没有整齐划一的新年倒计时，但大家对新年的到来依然兴奋不已。我依然情不自禁地带着大家走向那个街角，但街角却没有了那熟悉的歌声。或许太晚了，人家撑不住了，回去歇息了吧。

2019年1月8日，好几天经过那个街角，我都没能听到那动听的歌声了，那个街角变得空空荡荡、冷冷清清。我猜测，或许，因为城市管理的需要，他们被收容安置了吧。

人生有许多的遇见，有许多感动，但都无法一一为你停留。只好祝福，不幸的人生，却有令人羡慕的嗓音，或许就是上帝为他打开的另一扇窗吧。晚上下班回家，天已经很黑了，看见前面一位60岁左右的人，边在川流不息的马路上声情并茂地大声朗诵着"今天吉利汽车股票下跌11%，公司昨日公告称2018年业绩未达标，中国市场销量暴跌44%，德国现已生产出会飞的汽车……"一听便知是一位精神失常的患者，而旁边竟有不相识的行人一路追随到十字路口，提醒他注意安全。看到他无视红灯往前走，路旁等红绿灯的行人也都大声喊着叫他注意安全，而所有已经绿灯放行的车辆，也都自觉地停了下来，目送着他通过马路。

我想，2019 年，我依然要保持一颗年轻、善良、宽容、温暖、敏感的心。

陪你去看流星雨

海都报慢读专栏下一期的投稿主题是关于星星的故事，我在想自己对星星有什么记忆呢？十年前，当偶像剧《流星花园》正在热播时候，我恋爱了，只是女朋友工作在福州城里，我工作在偏远的小山村，常常是聚少离多，彼此交流也只能通过电话，那时每年的电话费基本要耗去我半年的工资。

记得那年夏天正好有一场几十年一遇的大规模流星雨，在福州地区正好可以观看。当时的报纸也大幅刊登了预告，据说流星雨时许下的愿望都会实现，于是我们也相约那天晚上一起到户外看流星雨。

那天的工作正好很忙，直到晚上九点多，我都没顾得上吃晚饭。直到女朋友打电话过来说出来看流星雨了，我才猛然惊醒。赶紧跑出办公室，我被眼前天空的景象震撼了。漫天的星星挂在夜空，像一颗颗璀璨的明珠镶嵌在夜幕中，那一阵阵划过夜空的流星雨，就像高空中绽放的烟花，绚丽夺目。

于是，对着这美丽的流星雨，我们许下了美好的心愿。一年后，我被调回福州城里；两年后，我结婚了。

之后，再没见过那么美丽的星空，而那场流星雨，还一直在我们心中绽放！

岁月如歌

匆匆那年

晚上几个同学一起在华林路小聚，没喝酒，气氛很轻松。吃完饭，有人提议去看场电影，大家一拍即合。

于是我们一起散步去省体旁的电影院，走在灯火璀璨而又绿树成荫的五四路，看着人来人往却又安然有序的夜景，感觉特别舒服。

那天的电影刚好是《匆匆那年》，看着学生们的稚嫩面孔，就觉得很亲切很熟悉，感受着校园里的青春气息，我们仿佛又回到了那个年代，电影中那块高一（1）班的班牌，如果换成高一（6）班的就是我们的过去了。

虽然我们的高一远没电影里的丰富浪漫，没有那么多的风花雪月，但我们却有着真实的友谊，真诚的惦念，真心的祝福！在二十年后的今天，我们生活在一个城市，相聚在一个城市，同学们只要在一起，就会觉得温暖和踏实！

不悔梦归处，只恨太匆匆！

匆匆那年（续）

　　看完《匆匆那年》，赶紧写下感想，快十二点了我居然还没有睡意，电影里的情景开始在脑海里重播，忽然想起之前只顾感受看电影的心情，对电影的内容还没来得及细细品味呢！你还记得她？你还记得发过的誓言吗？你后悔吗？电影里的三部曲，想必许多人都曾经这样问过自己，答案虽不一样，但对青春时的朦胧爱恋一定记忆犹新。虽然电影里有许多虚构和夸张的成分，但我还是能大致领会导演想要表达的思想，喜欢不等于爱情，没有缺憾也并不代表完美。有时候，挫折对于一个人来说未必就是坏事，它会让人变得成熟，让爱情变得更恒远！不是每段爱情，都会有未来，不是每次后悔，都能找到重来的路。唯有珍惜，让心无悔，唯有努力，让人生无憾！

免费的拥挤

因为拥挤，上海外滩的 36 条生命最终没能跨入 2015 年，令人扼腕叹息。有时想，我们为什么会拥挤呢？

元宵节花灯展是重要的传统活动，我也有一次在元宵节当天看灯展的经历。

那是 2008 年在北江滨，我满怀憧憬和期待，坐了很久的公交车，好不容易挪到展区，却发现人山人海，眼里全是人头攒动，耳旁尽是人声鼎沸，一下大失所望，只想匆匆逃离。但想逃离也不是件容易的事，挤开人群，走了很远的路才坐上公交车。

从那以后，我再也不在元宵节当天去凑这个热闹了。但在生活中，我却依然常常遇到类似的拥挤。

自助烧烤开业酬宾，每位仅 19 元，我买了团购券后进去才发现，食物都是靠抢的，一下子食欲全无。景区免费开放当天，我进去后才发现，原本可容纳几万人的景区，涌进了十几万人，一下子兴致全无。节假日高速公路通行免费，我满心欢喜冲了进去，却被堵得寸步难移、进退两难，一下子脾气全无。

于是终于明白，世上没有免费的午餐，却有免费的拥挤。

梦　境

　　早上起床，儿子跟我说："爸爸，昨晚我做了一个梦，梦见我们网购的悠悠球送到了，但是邮递员搞错了，送来了一大堆五颜六色、各式各样的悠悠球！"

　　打开微信，就看到一个同学在朋友圈发了一条消息："又做梦啦，梦见同学的高考录取通知书一个月前就拿到了……我骑车赶快跑到村部收信的地方，怎么翻也没翻到，梦里都是泪呀！高考没考好的孩子伤不起……"

　　又想起前天另一个同学在群里发的消息："高考已经过去快20年了，昨晚竟然还在做高考的噩梦。好不容易考到最后一科了，准考证找不着了，硬是被吓醒了。"

　　看来这真是个多梦的季节呀！虽然对梦境没什么研究，但我总觉得，梦里的情景往往是心中的祈盼，或是内心的隐忧，或是曾经的后怕。

　　想起我前几天也做了一个梦，梦见自己在没有楼梯的楼房里，爬着绳子上上下下，也不知在忙碌些什么。然后我拥有了一辆心爱的自行车，刚停在路旁，一转眼的工夫，自行车不见了踪影，然后我就满大街小巷着急地寻找，然后就急醒了。

　　醒来还在纳闷，这又是什么寓意呢？

　　或许是谁在暗示我，路漫漫其修远兮，吾将上下而求索吧！

让胡须长得快一些

一早起来就在想，今天一天怎么安排呢？上班的时候总被别人安排总觉得很烦，老想着时间要全由自己安排该有多好，可一旦全由自己安排了，怎么合理安排却也是很费脑伤神的一件事。

朋友们发来许多的建议，睡懒觉、会朋友、看电影、听话剧、喝喝茶、看看书，在他们眼里，假期一如我上班时的美好憧憬和遐想。可真正休起假来，却常常会有"有闲的时候没人陪，有人陪的时候没有闲"的感叹和失落。

喝茶的时候无意间摸了摸下巴，发现两三天没剃胡须了，但胡须还不算长，看来休闲放松的时候，胡须也长得慢呀！这也可以理解加班熬夜的时候为什么容易胡子拉碴啦！

于是会想，过日子的目标就是享受清闲、打发时光么？虽然才开始休假几天，我却已经有了一种体会，自由和寂寞总是相依相伴，忙碌和充实常常同生共存！

日子要过得精彩，就必须有压力，压力可以来自外界，也可以来自自己。来自外界的叫责任，来自自己的叫幸福！

是该让自己的胡须长得快一些啦！

人生如茶

人生若如茶，那人世间的甘甜和苦涩都是对人生的一种成全。

假如人生可以倒带

假如人生可以倒带，你会选择在重放哪一段？

是重新来次高考？还是重新来次初恋？或是再孝顺父母一回？

我们往往有许多遗憾，常常悔恨因当初的不懂事、不珍惜、不坚定、不果断，错过了本该属于自己的幸福生活，或是错过了本来可以多尽的一份孝心。

于是，总希望人生可以倒带，让人生朝我们希望的方向去改变。

可是，假如人生真的可以倒带，又会发生什么呢？

有一部美国电影《再一次初恋》，讲的是一位 40 多岁的妇女，在经历了母亲病故、爱人离开的痛苦折磨后，希望能重回过去，改变现在的结局。

一次机缘巧合，又让她以现在的心境回到 16 岁的高中时代。她知道母亲未来得的是脑瘤，为了不让母亲病故，她三番五次劝说母亲去医院检查，可母亲坚持自己没问题，不用检查。她甚至动员好友说服了母亲提前一个月去医院做检查，可检查结果却一切正常。她最终还是没能阻止母亲的离世。

在爱情方面，因为和初恋情人走到一起，过了 25 年的幸福时光，爱人的忽然消失，让她觉得难以承受，于是她就希望重来后不要这段初恋，没有如痴如醉的爱情，就没有痛彻心扉的分别。可是，尽管她已经是 40 多岁的容颜，对方是 16 岁的小伙子，尽管她也很努力地抗拒挣扎，但他们还是一见钟情，一发不可收拾地陷入了爱河。

于是，她发现即使有预感，即使很努力，她也无法改变结局。

是啊，我们不能以现在的心境再去评判当初的选择与坚持。若回到从前，我们依然有对爱情的羞涩和自卑；回到从前，我们依然有工作繁忙不能常陪伴亲人的无奈和无助。

有时候，明明自己有很多话要说，却不知道怎么去表达；有时候，觉得自己可以给对方幸福的未来，却不知道怎么去证明；有时候，心里也会有悲观失落的情绪，觉得很累很累，难以坚持；有时间也会觉得自己成熟长大，却看不到自己未来的样子，迷茫得不知所措。

人生是一场单程旅行，即使错过，即使有遗憾，也无法再重来，而即使再重来，你依然无法改变什么。

所以，与其纠结不可改变的过去，不如微笑着面对未来。

愿意去倒带，说明我们珍惜生活；愿意去倒带，说明我们都很善良。

我们现在要做的，就是把现在和未来过得精彩，精彩到若倒带到从前那段，也不再觉得遗憾；就是不断去弥补曾经的懊悔，弥补到想起那段懊恼时，不再觉得心痛。

一直善良，你就会幸福

早上看到同学微信里的一篇文章《一直善良，你就会幸福……》，一看这标题我就被吸引了。打开链接，文章开头的一段就让我在心里点赞了："一直善良下去，总会离幸福很近，你所给予的都会回到你身上。反之，不善良也一样。"

于是想起四五年前一同事分享的一则小故事：在美国得克萨斯州的一个风雪交加的夜晚，一位名叫克雷斯的年轻人因为汽车抛锚被困在郊外。正当他万分焦急的时候有一位骑马的男子正巧经过这里。见此情景，这位男子二话没说，便用马帮助克雷斯把汽车拉到了小镇上。事后，当感激不尽的克雷斯拿出不菲的美钞对他表示酬谢时，这位男子却说："这不需要回报，但我要你给我一个承诺，当别人有困难的时候，你也要尽力帮助他人。"

于是，在后来的日子里，克雷斯主动帮助了许许多多的人，并且每次都没有忘记转述那句同样的话给所有被他帮助过的人。

许多年后的一天，克雷斯被突然暴发的洪水困在了一个孤岛上，一位勇敢的少年冒着被洪水吞噬的危险救了他。当他感谢少年的时候，少年竟然也说出了那句克雷斯曾说过无数次的话："这不需要回报，但我要你给我一个承诺……"

克雷斯胸中顿时涌起了一股暖流："原来，我串起的这根关于爱的链条周转了无数的人，最后经过少年还给了我，我一生做的这些好事，全都是为我自己做的！"

而反面的故事也同样值得我们思考，格林童话中有一则关于一位老人和儿子的故事。老人的听力已经不行了，眼睛也看不见，颤抖的双手经常把饭菜洒得满地，碗也常打破，儿子媳妇夫妇俩感到非常厌烦，给老人一副木制碗筷，把他赶到厨房幽暗的角落，不准和大家一起用餐。有一天，儿子看到自己的小孩在用刀片削木头，他好奇地问孩子要做什么。结果孩子回答："我在替你准备将来要用的木碗、木筷。"从此以后，年老的父亲又回到餐桌上吃饭，家人也都非常孝顺他。

这两个典故，也正验证了一个保证有效的结论：你若想被爱，就要先去爱人；你期望被人关心，就要先去关心别人；你要想别人对你好，就要先对别人好。我们所能为自己做的最好的事情，就是去为他人多做点好事。

所以，不管在人生道路上遇到多少坎坷，承受多少委屈，有一点必须坚持，也无须犹豫，就一直善良下去……

懂你，就是对你的最大支持

前几天，一位朋友在我的微信文章里回复"真的写到我们心里去了"。我觉得特别欣慰，特别开心。在我看来，这样的评价就是对文章的最大肯定了。

现在的报纸杂志琳琅满目，各类文章林林总总，有情节曲折、惊险刺激、引人入胜的，也有辞藻华丽、语句优美令人叹服的，还有高尚生活、完美人生让人羡慕的，可有多少文章，看过之后会让你觉得"写到心里去了呢"？

有时候，写文章时写着写着，也会觉得茫然，不知道自己的感动是否也能引起别人的共鸣，点赞叫好的朋友，不知是真的喜欢，还是礼貌性地鼓励。而这句"真的写到我们心里去了"让我真实地感到自己文章的价值。

想起以前听到的一个故事：一个匈牙利的小提琴家有段时间特别迷茫，别人对他的作品有褒有贬，让他无所适从。于是他决定带着他的小提琴四处漂流，寻找自己的音乐方向。有一天，他独自驾船来到一个荒芜的小岛，岛上只有一个守了几十年灯塔的老头。

简单吃过晚饭后，两人坐在篝火旁，彼此沉默着，实在找不出什么共同话题。为了缓解气氛，小提琴家说："老大爷，我为

人生如茶

你拉首曲子吧!"老大爷点点头。

于是小提琴家在星空下，伴着阵阵的海涛声，在海礁上的篝火旁，深情地演奏了起来。

一曲完毕，只见老大爷站了起来，紧紧地握住小提琴家的手，不断地说着"我听懂了，我听懂了!"从此，小提琴家更坚定了自己的音乐方向，演奏出了许多优秀作品，举世闻名。有时候，情感就是这么简单，一句"懂你"，便无须更多语言!

还能工作，你就已经很幸福啦

早晨坐的士去办事，的士司机是位 40 多岁的中年男子，我一上车他就向我倒苦水，说工作的艰辛、赚钱的不易，说他们这个年纪很尴尬，说不想工作又没到退休年龄，说想早点退休，拿点工资过过轻松日子。

我在安慰他的同时，也给了他一些建议。但看到他的年龄比我大，有一句话我始终没有说，这句话就是"还能工作，你就已经很幸福啦！"

不是吗？还能工作，说明你还健康着；还能工作，说明你还充实着；还能工作，说明你还有能力为社会、为家庭贡献着。

许多人都应该还记得我们小时候一首家喻户晓的歌——《幸福在哪里》，里面就唱到"幸福在哪里，朋友我告诉你，它不在柳荫下，也不在温室里，它在辛勤的工作中，它在艰苦的劳动里。啊，幸福，就在你晶莹的汗水里！"

小时候，虽然对这首歌耳熟能详，但对其中的含义却不是很理解，我想，现在许多人也依旧不理解。不少人可能会认为，不要工作、不要劳动，每天想玩就玩、想睡就睡，那才叫幸福呢！

是这样吗？随着年岁的增长，我越来越理解歌词里的含义，越来越不赞同后面的观点。我想，工作和劳动是我们生活的基础，也是我们快乐的源泉，没有这样基础，整天只想着吃喝玩乐，那不是幸福，而是堕落。

有个故事，说的是 1917 年，在美国亚利桑那州北部的一个森林里，有许多可爱的鹿经常出没，但森林中凶残的狼却时常捕杀它们，人们非常担心可爱的鹿会因此而消亡。时任美国总统西奥多·罗斯福想让森林中的鹿得到保护，于是请来猎人，经过 25 年的捕杀，杀死了森林中几乎所有的狼。狼没有了，但森林里却出现了更可怕的事情，一天天增多的鹿不断地啃食着森林中的资源，森林被糟蹋得面目全非，能被食用的资源已所剩无几。而且，没有了狼的威胁，鹿也不用再天天拼命奔跑，体质也不断下降，接下来迎接它们的就是病魔的缠绕。到了 1942 年，受损的森林中就仅剩下为数不多的病鹿在苟延残喘了。

这个故事也告诉我们，有的愿望看起来很美好，但若真正实现了其实未必会如我们想象的那么美好。没有压力也就没有动力，贪图安逸享乐只会让我们失去斗志，甚至失去生存的能力。试想，你如果真不工作了，整天无所事事，没有目标，没有追求，天天为了过日子而过日子，那你能幸福吗？

我想，幸福应该是辛勤工作中看到自己的成长进步，是艰苦劳动后收获的丰硕果实。

总有一天，你也会说，还能工作，这本身就是一种幸福！

透过你的窗户看风景

只有休假的时候才能有这样的闲暇，在周二的下午能让同学约去咖啡馆喝茶聊天。同学开的咖啡馆确实挺有特色，在繁华的冠亚广场旁穿过一小段曲径通幽的小路，别致的庭院便映入眼帘，这都市喧嚣和乡野宁静的转换瞬间完成，真让人有恍如隔世的感觉。庭院二楼便是咖啡馆，精巧而别致的装修给人耳目一新的感觉，而轻缓的音乐和柔和的光线让人感觉很是悠闲和舒适，不愧是福州首家家庭式咖啡馆。

而我，并不是体验这种生活而来的。早上打电话给同学说起休假的事，他下午正好路过我家去办事，于是约我到附近的这家咖啡馆一起喝咖啡，看老板这么盛情的款待，就在自己的文章里免费为他做段广告吧。

和同学聊了大半个下午，觉得很受益，既开阔了视野，又增强了信心，积累了好多正能量。

俗话说，眼睛是心灵的窗户，也是我们了解外面世界的唯一通道。但每个人只有一扇窗户，所以看到的世界也是极其有限的，对问题的认识也是有很大局限性的。而朋友，就是愿意和你共享窗户，开阔你视野的人。

虽然别人的成功不可复制，别人的失败也无须尝试，但透过别人的窗户，却可以看到别人成功前的努力与坚持，可以看到别人失败后的淡定与从容。

因此，我要谢谢所有愿意与我交谈的朋友，是你让我有机会透过你的窗户看到更美的风景！

人生最好的状态

下班的时候，看到褚时健离世的新闻，虽然素昧平生，却仍然为这个传奇老人的离世感到惋惜。

想起上周末看的一部老电影《肖申克的救赎》，电影里的主角安迪和褚时健有着相似的经历，一个被判终身监禁，一个被判无期徒刑。试想，面对难以穿越的高墙，面对身体和精神的双重折磨，面对遥遥无期的刑期，一个人要如何才能坚持下来？

而安迪和褚时健，最后都坚持下来了。安迪用私藏的小锤子，花了19年的时间，一点一点挖出了一条隧道，最后成功越狱，洗清冤情，换来自由。褚时健在入狱17年后获得保释出狱，在锲而不舍的坚持下，再次获得成功，实现人生的圆满。

他们的励志故事让人感动，是什么让他们坚持下来的？相信很多人都会回答是希望。我也确定是希望让他们坚持下来，可在现实中，希望是一把双刃剑。处在人生低谷，没有希望，人无法坚持下去；而希望太强烈，又会为希望落空而痛不欲生。

因此，如何处理好现实与希望之间的关系，是最需要人生智慧的，也是人生中最重要的修行。

从安迪和褚时健的身上可以看出，人生最好的状态，不是踌躇满志、热血沸腾，也不是心如止水、安于现状，而是守住希望，不慌不忙。

最好听的音乐在公交车上

很久没坐公交车了，今天又坐了一回。在拥挤的车厢里，虽然不急着赶时间，却也有些百无聊赖。忽然发现车载电视里的广告结束后，开始播放起一首熟悉的歌曲，虽然车厢里很嘈杂，音响效果也不怎么好，但听起来感觉特别好听，我也能感觉到旋律响起的时候，车厢里也安静了不少。

又想起 2000 年有一次坐公交车到福大东门旁边的李记饭庄参加同学聚餐，在公交车上站了半个多小时，在有点烦躁的时候，车厢广播里传来大学毕业时班里最流行的歌曲——《相逢是首歌》。配合着窗外的小雨，这首歌听起来特别有感觉，那一刻我便忘记了疲乏，大学生活的美好情景又浮现在眼前，无比珍贵的同学友情又涌上心头，于是，满心欢喜。

相比之下，自己也下载了许多好听的歌曲，开车时想听就听，可一旦下载到车载 mp3 里，就再没觉得有那么好听了。于是觉得，好听的音乐，在别人的车里；最好听的音乐，在公交车里。

有时候，幸福就是这么奇怪，它不在优越的环境中，却在艰苦的等待里，正如炎炎夏日里的一丝清凉、劳累疲倦后的一刻小憩、百转千回后的一次邂逅……

云淡风轻

最近朋友推荐了一首歌曲，李宇春的《1987 我不知会遇见你》，听后感觉很不错。以前我对李宇春是很不屑的，总觉得不管是声音还是外形，都没有什么吸引力，纯粹就是商业包装、媒体炒作起来的超女，没有足够的生活历练，自然也不会唱出什么动听的歌来。

这次听到这首歌，却有了不同的感受，看来经过这几年的磨炼和面对各种非议的考验，李宇春已经成熟起来了，而这种成熟，又不是饱受磨难后的沧桑，而且岁月沉淀下的慢慢成长。所以这首歌听起来，正如朋友形容的那样，给人云淡风轻的感觉。

有时候就是这样，再浓郁的感情，也无须声嘶力竭地表达，只需娓娓道来，懂你的人，自然会懂。

云淡风轻，轻轻柔柔，柔情似水……

觉得我也可以写一首歌，歌名就叫《某年，我有幸遇见了你》。

45

情人节随想

今早醒来，看见微信群里很多人都在发节日祝福，联想近期电视广告、街头巷尾都在讨论的情人节话题，看来国人也把这个洋节过成一个传统节日啦！

百度了一下才知道，原来"2. 14"情人节的来源居然是一对恋人的祭日。能把爱情的祭日过成节日，看来爱情确实是需要有牺牲精神的，而每个喜欢过情人节的人，心中一定有着关于爱情的英雄主义情结。

想起几段经典的爱情故事，包括牛郎与织女、罗密欧与茱莉叶、许仙与白娘子。这些经典的爱情无一不是以悲惨结局告终，看来古今中外都一样，悲壮的爱情总是更能吸引眼球，更能让人印象深刻，也更能激发人们为真爱赴汤蹈火的英雄主义情结。

《傅雷家书》里，对于爱情，傅雷如此告诫孩子："热情是一朵美丽的火花，美则美矣，无奈不能持久……世界上很少有如火如荼的情人能成为美满的、白头谐老的夫妇。"

我自然不赞成这样的教育方法，且不说如火如荼的情人能不能成为美满的、白头偕老的夫妇，这种单纯地因噎废食的教育是不对的，在爱情的温室里培养爱情，这样的爱情自然也经不起什么风雨。

在这方面，我倒是更赞同徐志摩说的"一生至少该有一次，为了某个人而忘了自己，不求有结果，不求同行，不求曾经拥有，甚至不求你爱我，只求在我最美的年华里，遇到你。"

真正爱过，才知道自己不是最重要的；真正痛过，才知道什么是最该珍惜的。爱过痛过，才知道怎样才能把日子过得幸福！

上周天在华林路的一个小巷，看见一对老头和老太太，估计都有七八十岁了，老太太走路一颤一颤的，老头一手拉着旅行箱，一手紧紧地牵着她的手，生怕对方摔倒，眼神里充满温柔。看到他们，我就被深深感动了，很想在正面给他们照张相，但又怕打扰他们，让他们感到唐突和尴尬。所以我最后绕到他们背后，照了张他们的背影。

照相的时候我就在想，年轻时候的他们，一定有过深刻的爱情，一定有着许多美好的回忆和让彼此牢记的感动，要不然，即使有持久的责任和义务，也没有如此持久的默契和爱恋！

在我看来，爱情就应该这样，在轰轰烈烈之后，在牵起对方的手之后，不是停止浪漫，而是把浓浓的爱转化为自然而然的关怀和心疼，把日子过得更踏实而有回味。

路过安泰河，我又看见一对情侣，并肩坐在河边的藤椅上，品着咖啡，深情对视。时间犹如安泰河水，清澈见底，缓缓流淌，而爱情，就是这样静静相伴，稳稳幸福！

爱的理由

　　昨晚在朋友的微信共享里看到这样一段话：你选择了赚钱的女人，就得接受她的不顾家；你选择了顾家的女人，就得接受她的不赚钱；你选择了听话的女人，就得接受她的自卑；你选择了勇敢的女人，就得接受她的固执；你选择了漂亮的女人，就得接受她的消费；你选择了能干的女人，就得接受她的霸道和不讲理。十全十美的女人，只有在梦里！

　　我点了赞，然后回复：我们也可以反过来理解：你选择了不顾家的女人，就可以享受她赚的钱；你选择了不赚钱的女人，就可以享受她的顾家；你选择了自卑的女人，就可以享受她的听话；你选择了固执的女人，就可以欣赏她的勇敢；你选择了爱消费的女人，就可以欣赏她的漂亮；你选择了霸道的女人，就可以欣赏她的能干。世上没有全是缺点的女人，所以请珍惜！

　　我想，前一段是女人应有的自信和底气，后一段是男人应有的包容和担当。从不同的角度看问题，决定了不同的人生态度！多想想别人的好，自己的心情也会变得更好！

　　今早醒来，想起这茬，觉得这样的理解还是不够深刻。爱有时候就是一种缘分，一种感觉。也许她不赚钱也不顾家，不听话的也不勇敢，不漂亮也不节俭，但你就是喜欢她，甚至连你都说不出为什么。爱必定有理由，但却不是讲条件！

况且，你喜欢人家，人家还不一定喜欢你呢！你选择人家，人家还不一定选择你呢！

简单就好

早上开车去小区旁的洗车店，却发现洗车店已经倒闭了，办了十次的卡才用了五次呀，这远比不办卡洗车亏多了。正好要去宝龙广场办事，去年在那儿的洗车店也办过卡，还有几次没用完，于是又把车开过去洗，洗完老板娘告知卡已经过期，虽然最后没再向我要钱，但我心里却觉得欠老板娘一个人情似的。

回来的途中很是郁闷，这办卡本来是想省点钱的，结果却赔钱又伤神，实在是不划算呀！

想想这吃力不讨好的事还远不止这些，我曾经花钱办过手机的维修卡，可手机还没坏就被淘汰了；花钱办过家电的延长保修卡，可当家电真正坏了的时候我发现卡都找不着了，也懒得去折腾了。

由此想到，许多生意乍看起来很合算，可一旦加上时间和管理的成本，它就不合算了，再加上一些条条框框，说不定哪天就违约了，钱都白交了。

所以，存话费赠手机也好，买商品送积分也好，或者是长远收益的保险也好，我都不太感兴趣。不是不愿意多收益，而是觉得现在的工作生活节奏够快的，我还要花时间花精力去按别人的规划来制定自己的消费行为，要时时惦记着这些事，还要时时判断选择要不要跟进升级，实在太累了。

要知道，一个人的时间和精力是有限的，时间和精力是可以转换成生产力的，是可以创造社会财富的。

前几天和一个学易经的茶叶店老板聊天，他谈到了他学易经的体会，有一句话让我印象特别深刻，就是要用简单的道理来解释复杂的问题。

是啊，现在有不少人就是通过把简单的问题搞复杂，让人雾里看花，看似量身定制，实则引诱上船，牟取利润。

所以，在这纷繁复杂的世界，我们更需要回归简单，以简单的道理分析问题，才能更清晰、更理性。

"一分汗水一分收获""天下没有免费的午餐""羊毛出在羊身上""隔行如隔山""临渊羡鱼，不如退而结网"，这些都是简单的道理。

简单就好，简单才能快乐！

静静的校园

因为公司组织的培训，这几天我都待在福建省邮电学校，吃食堂的饭菜，住学校的招待所，一下又勾起我对学生时代的美好回忆，感觉挺好。

只是看着学生们稚嫩的脸庞，甚至看到年轻教师焕发的青春气息，感觉自己真的有点老了。

大多数时候，我们接触的都是同学、同事，年轻的时候一起年轻，年长的时候一起年长，所以年轻的时候不感觉自己幼稚，年长的时候不感觉自己成熟。就像以同样速度同向行驶的火车，以彼此为参照物的时候，觉得世界是静止的，只有当我们回望起点的时候，才发现已经离得好远好远了。

朗朗读书声、同学们嬉笑打闹声，与城里轰鸣的机器声和刺耳的汽车喇叭声相比起来，显得那样的安静和悦耳。想想以前常想快点到岸的学涯苦海，原来是如此让人留恋。

现在看来，母校，就是常常做梦想回去的地方，好的母校，就是若干年后回去还能找到回忆的地方。

一个人的晚餐

还没到饭点就饿了，还没到睡点就困了，对于许多人来说，也算是一种幸福。现在的人，最难受是看着美味佳肴却没有食欲，躺在舒适软榻上却辗转难眠。

这就是两周来在私企体验的感受，昨天我还跟办公室的同事说，很久没有这样的感受了，吃快餐也能吃出这样的美味，中午趴在硬邦邦的办公桌上也能睡得这么香。虽然每次睡得腰疼腿麻，但醒来总是神清气爽、精神抖擞。

在面对选择的时候，我们总觉得现在的自己是最苦的，吃过这样的苦，就什么苦都能吃，所以每每遇到挫折就想着换工作。其实未必，正所谓家家都有一本难念的经，许多工作外表看着光鲜，而其中的苦只有尝过才能体会。

就像现在的我，再想起从前的独立办公室，想起单位公寓的大床，想起不用操心、物美价廉的食堂饭菜，也觉得有许多的留恋。

当然，我仍然不后悔自己的选择，我有我的方向，生活总要有所取舍。

虽然才两周，但我已喜欢上这家公司了，虽然是私企，却有着深厚的企业文化，有着规范而人性化的制度，公司领导能真正把公司当家来建，努力营造家的氛围。虽然私营企业的发展在当前的经济形势下困难重重，但公司上下却是人心很齐，各司其职，恪尽职守。所以，越忙越觉得充实，即使有压力，看到同事们会心的微笑，听到彼此温暖的话语，也会觉得很开心。

记得以前曾经问过一位快退休的老同志，这么枯燥的工作，你怎么能几十年如一日地坚持？他微笑着回答我：你就把工作当娱乐，把娱乐当工作！

今晚，我一个人在公司吃饭，等待晚上公司组织的培训，在静静的的办公室里，看着眼前的快餐，竟然感觉如此安心和幸福。

你忙吗

转业到新单位后，见到从前的同事或朋友，被问到的最多的一句话就是："新工作忙吗？"刚开始的时候，我都是不假思索地回答："不忙，比部队轻松多啦！"这样的回答，一方面是想证明转业是个明智的选择，一方面也是因为刚到新单位还没接受太多任务。

而随着时间的推移，随着对工作的深入，接受的任务越来越多，也常遇到一些让人棘手和头痛的事，正所谓家家都有一本难念的经，只有亲历才能体会其中的艰辛。所以再被问到相同的问题时，我的回答已不那么坚定和轻松了。

你忙吗？

忙吗？我也问自己。

是忙好呢？还是不忙好呢？

是回答忙好呢？还是回答不忙好呢？

其实忙与不忙都有一个参照系的问题，所以不管是回答忙与不忙，都不会有人深究。而当我们开始纠结这个问题的答案的时候，说明我们的斗志开始下降了，开始有了拈轻怕重的想法了。

拈轻怕重也就拈轻怕重吧，一辈子就这样安逸下去。可是，越是拈轻怕重会感觉压力越来越重，试想，还有什么比选择自主择业更可以让人安逸的工作呢？

那么好吧，既然没有选择安逸，既然没能再选择安逸，我只能选择继续奋斗，继续耕耘，只愿相信一分耕耘一分收获，相信有作为才有地位，才有意义。

下次再有人问我：你忙吗？

我就骄傲地回答：忙，忙着呢！

我闲，会让人羡慕；我忙，却让人尊敬！

换新车

看完柴静的《穹顶之下》后，我就一直想换部更环保的车来开开。今天，终于实现我的梦想啦！

早晨十点多，在拥挤的小区里停好车后，我就来到公共自行车便民服务点办了张服务卡，正式拥有了新的"公车"。

办好卡后，我立即骑上爱车去兜风，去常去的茶馆喝茶，心情甚是舒畅。路过擦皮鞋的小摊，我便停下车来，把皮鞋擦得锃亮锃亮，心里洋溢着幸福和满足。偶有朋友打电话过来，我便像年轻人一样戴上耳机，酷酷地对电话那头喊道："我在骑车，骑自行车！"

晚上我骑上爱车去和几个朋友聚餐，他们都投来羡慕的目光，一直问我在哪儿办的卡，有哪些站点，并开始规划和我一样的骑行生活啦！

吃完饭回来，迎着习习晚风，看着街旁和我一样骑车的人们，觉得特别亲切，觉得他们和这干净的街道、道路两旁郁郁葱葱的树木花草，构成了这城市最美的风景！

知错就改

今天看到有朋友在微信里发了一句"感觉自己刚刚又说错话了。"虽然不知道她写这话的缘由，但我还是回复了一句"知错就改还是好同志！"

在安慰她的同时，也是在安慰我自己，我感觉自己昨天也有做错的事。

其实也是很小很简单的一件事，但是因为自己考虑不周全，所以不但没达到预期的效果，反而带来了一些不好的影响。

回来的路上甚是懊恼，觉得自己都快四十的人了，怎么还会犯这样低级的错误？

不过转念一想，我们要面对不同的人和事，面对不断变换的情境，在许多陌生和未知的领域要快速做出自己的选择和判断，所以说错话、做错事终究是避免不了的。

重要的是，在错了之后，我们要自我检讨反思，并努力改正，勇敢地向可能被忽略被伤害的人说声对不起，把错误的影响降到最低。这样我们才能吃一堑，长一智，不断降低犯错的概率。

我想，只要我们的本性是善良的、定下决心的初衷是美好的、做事的态度是积极的，那么即使不小心说错话、做错事，也是会被原谅和理解的。

　　所以，如果你发现我依然会说错话、做错事，永远不具备足够深的城府，那就是看到了真实的我。如果我无意冒犯了你，也请你原谅，因为我已经很努力、很用心地让自己少犯错误啦！

下一步，我们还要发明什么呢？

我们发明了电脑，却发现文章越来越写不完；我们发明了汽车，却发现耗在路上的时间越来越多；我们发明了手机，却发现朋友相聚越来越难；我们发明了微信，却发现在一堆的文章中，值得阅读的就只有那么几篇，在一堆的好友中，关注你的也就那么几个。

在看似高科技不断推动现代文明的今天，我们却越来越被这些高科技束缚着，在快节奏的生活和快餐式的文化中，我们很难再出现李白这样伟大的诗人和徐霞客这样伟大的旅行家了……

下一步，我们还要发明什么呢？

充　电

　　手机没电了，可以插上充电器来充电；知识不够用了，可以通过看书读报来充电；可是聪明的你，请告诉我，情绪低落了，无精打采了，失意迷茫了，我们该怎么充电呢？

　　我暂且把它命名为情感充电吧。我觉得这种充电其实比其他充电来得更加重要，试想，如果没有方向了，没有斗志了，没有快乐了，我们要那么多知识、要那么多钱又有何用？

　　心情沮丧的时候，或找闺蜜一吐为快，尽情发泄；或约上三两好友痛饮一番，不醉不休；或打一次球，跑几圈步，骑行数公里，大汗淋漓，彻底放松。

　　这些都是些充电的好办法，等我们甩掉困扰我们的负面情绪后，就又可以充满动力、充满激情地投入工作和生活啦！

　　朋友，就是我们的情感充电器，好的朋友，就是特别匹配的情感充电器。

　　朋友说，要当女神，就要当暖心女神；我说，要当男神，就要当贴心男神。

人生如茶

参观福州熊猫世界有感

　　昨天下午，在陈玉村主任的亲自安排和陪同下，我们参观了福州熊猫世界，在欣赏过大熊猫、大黑熊和小棕熊的表演、参观完大熊猫博物馆的展览后，又观看了福建电视台"发现档案"栏目《拯救"巴斯"》节目录像，对熊猫的生活状况有了进一步的了解，也对福州熊猫世界有了进一步的了解。

　　我们这才知道：原来1990年北京亚运会吉祥物"盼盼"的原型大熊猫"巴斯"就在我们福州，"巴斯"有很多坎坷而传奇的经历；大陆赠台大熊猫"圆圆"的妈妈就在我们福州，而且刚当上了奶奶；福州熊猫世界是我国除首都北京和产地四川之外，全国唯一的集科学研究、科普教育、旅游观光为一体的大熊猫移地保护园地，为促成两岸熊猫交流做出了的努力和贡献。

　　在很多个才知道的感叹之后，我发现有一个感悟可以把它们都关联起来，那就是"危机就是转机，压力就是动力"。

　　试想，如果不是1984年那场四川箭竹开花，熊猫失去食物来源的危机，怎会有全国上下拯救大熊猫的行动，大熊猫又怎会家喻户晓、风靡全球？如果不是大明星熊猫"巴斯"病重病危，经过熊猫世界全体员工二十多个昼夜的紧张抢救和精心护理后奇迹般恢复，也不会有福州市政府给福州大熊猫研究中心记集体一等功的表彰。

　　记得我以前也和同事们分享过一个体会，就是在看似长夜漫漫、希望渺茫、大家都失去信心和耐心的时候，反而隐藏了许多的机会，而这样的机会，恰恰是我们最容易把握得住的。正如跑步比赛，如果选手们都觉得这是一场重要的比赛，都摩拳擦掌做好了准备，这时你要取得第一是很不容易的；但如果选手们都觉得这场比赛无关紧要，甚至都不觉得这是一场比赛，还在晃晃悠悠地散步，在这种情况下，只要你重视了，拿第一就很轻松了。

　　所以，在这个繁杂变化、错综复杂的大千世界里，我们千万不要轻易地随波逐流，不要贪图安逸享乐，只要方向是正确的，只要有希望，我们就应该去坚持、去努力，因为，机会就在你身边！

我要写什么

最近不少朋友看了我的微文，建议我试着投投稿。虽然我写文章并不是为了发表，但想想这样也许对未来找工作选单位有好处，就决定试一试。

远方一位常发表文章的朋友发来各类报纸杂志的投稿地址和联系方式，并附上一篇如何提高采用率的详细说明。报社编辑部的朋友要我认真看看周二的副刊，按上面的写作风格写，然后把写好的文章发给他修改。

于是我买来周二的报纸，认真研读副刊上的文章。可看过之后，我觉得不少文章的文采确实很好，辞藻也很华丽，但看后大脑里什么印象也没有，再看又没有了兴致和耐心。

联想到朋友推荐文章里写到的一句话：现在的纯文学，江河日下，尤其是纯文学杂志，生存艰难。是啊，在琳琅满目的报纸杂志里，又有多少人去认真阅读呢？文章常常是谁写谁看、写谁谁看。

那么，我为什么要写作？我要写什么呢？

我想，那就记录一些心情故事、归纳一些人生感悟吧，对朋友们没能说出的感谢，也都融入这些文字吧！不求发表，只为老来再看还有些回忆。如果看到我的文章的朋友不觉得浪费时间，我就很知足啦，如果还能让你有所感动、有所收获，能带给你美好的心情，那我就更有动力啦！

诱鼠记

很多时候，相遇并不都是美好的。惦记也不一定都是因为喜欢，有的也是因为憎恨。人与人之间如此，人与鼠之间亦然。

自从昨晚在客厅里与杰瑞兄弟打了个照面后，我便开始了惦念。我打电话给有过成功捕鼠经验的同事，问如何才能和我那牵肠挂肚的杰瑞兄弟再相见。同事果断地回答，用粘鼠板，五金店里有卖。

于是我连夜赶去五金店，买了最贵的一款粘鼠板，付款时老板特别叮嘱，要在粘鼠板中间放一些香香的、老鼠爱吃的东西。

回到家，我赶紧翻出儿子的零食袋，选了肉脯、薯片和花生，虔诚地把它们放在粘鼠板中间，然后小心翼翼地把两块粘鼠板放在杰瑞兄弟可能路过的地方。

一切就绪，我就拍照正式发朋友圈啦！朋友圈也是一个交流捕鼠经验的好平台，充分讨论后一定能开阔捕鼠思路，提高捕鼠效率。果然，朋友们的回复很热情，"果然都是好吃的""肉脯还有吗？在哪儿买的？"我心想，要是你们是杰瑞兄弟就好了。

也有许多有过成功捕鼠经验的朋友发来建议，有的说老鼠爱吃红烧肉，有的说老鼠爱吃奥利奥巧克力棒。正当我踌躇满志准备按朋友们提供的药方大干一场的时候，又有朋友发来提醒，说如果放太多好吃的，有可能自家的老鼠没粘上，倒把隔壁的老鼠引过来了。看来这引诱老鼠也要把握好度，适可而止。

思来想去，最后我决定，烧一锅最香的红烧肉，买一盒最贵的奥利奥，然后送给隔壁邻居。

当前该有的行动已付诸实施，未来的计划也已拟定完成，现在就坐等杰瑞兄弟出现了。

晚上，我安心地睡了一觉，美美地做了一个梦，梦见第二天醒来，杰瑞兄弟一屁股坐在粘鼠板上动弹不得，正眼巴巴地望着我，然后我就露出了胜利的微笑。

早上醒来，我兴冲冲地起床，直接奔向粘鼠板，期待梦想成真。当我看到粘鼠板时，一下愣住了，我发现粘在粘鼠板上面动弹不得的，不是杰瑞兄弟，而是我那勤劳勇敢的扫地机器人！

关于股票

最近感觉有些郁闷，有些脱群。

原本觉得同学朋友在一起，不管聊什么话题，我总能插上几句，能很自如地融入聊天氛围，把握话语主动权。但最近，我发现不行了，他们都在聊股票。

不管是茶余饭后，还是打球间隙，大家都在聊股票！渐渐地我接不上话茬了，慢慢地我变得沉默了。于是朋友们在一起的时候，他们聊股票，我就拿出手机看微信，可我发现，不管是什么样的微信群，聊的也大多是股票的话题。唉，这样下去我的语言功能是不是会迅速退化呀？

其实我也不是不能聊股票的，虽然没炒股，但听了许多专业、非专业人士讲述的股票故事，也买了投资经济的书来认真看过，也有了自己关于股票的分析和见解。但常常是我刚刚亮出自己的观点，就有持不同见解的朋友质问："你炒过股没？"我便语塞。

这时我通常会反问他一句："2008 年你炒股吗？"他回答："有！"我就接着问："那你那时赚到了吗？"十有八九，对方也立刻无语。

只是，身边和我执不同观点的人越来越多了，许多朋友都跟我说，"以前在部队不能炒股，现在不在部队了，又刚好碰到牛市，赶紧开户捡钱吧！"说实话，看着他们都一个个兴高采烈地捡钱，我确实开始动心了，他们都说了，现在这个牛市，只要进去了，傻子都挣钱！我想我要是再不进去，岂不比傻子更傻？

只是才一关注股市，大盘就过 4000 点了，算了算啦，风险太高啦，等下次机会吧！

心里不平衡的时候，我就想，你看，明知 2000 元的东西卖到 4000 元了，我再买，岂不亏大了？我要是再以 5000 元卖给别人，岂不坑人？

童心如画

在孩子的眼里，总有五彩斑斓的世界。

秋天的图画

看过儿子的《听听，秋的声音》后，就想着什么时候和他来一场作文竞赛。

刚好上个星期老师给孩子们布置的作文题目是《秋天的图画》，我就决心就这个命题和儿子 PK 一下。

儿子欣然答应，打开作文本就开始写了起来，不到半小时就写完了。而我盯着题目，居然一下子没有了思路，直到立冬来临，都没能写出来。

南方的城市，四季如春，一年到头都是绿绿的，在视野里似乎很难感觉到季节的变换。

在我的印象中，记忆最深的还是农村秋收的场景。秋收和夏收不同，夏收完要急着抢种，所以，夏收给农民带来收获喜悦的同时，也给人们带来了压力。这个时候，大人们都起早贪黑地在田里干活，老人小孩则留在家里晒稻谷。常常会遇到这样的情景，原来晴空万里的天气突然变得乌云密布，眼看马上就要下雨，急着收稻谷的焦虑和迫切，相信在农村长大的孩子们都深有体会。

秋收则不同，人们在尽情地享受着收获的喜悦，等待着的又是一年中最令人期待的春节。对于老人小孩来说，秋高气爽，天气非常稳定，这也让晒谷子的老人小孩没有了担心和忧虑。所以，秋天的图画，在我印象里，是大人们在金黄的田野里尽情地欢笑和老人小孩们在晒谷场里开心地嬉闹，是一种温馨的美好画面。

如今，在异乡城市待久了，很难感受这样美好的秋天了，而随着年岁的增长，秋天给我的感受，更多的是瑟瑟秋风中的思乡情绪和冬季即将来临的失落惆怅，心底有种空落落的感觉。

看着儿子的文章，还是被他的天真无邪、无忧无虑、积极乐观的心态所感染，我想，不管多老，我们都应该保持一份童真。因为，美好的图画，需要用美丽的心情去感受，美好的人生，需要用积极的心态去创造！

关于时光（一）

晚饭时，儿子骄傲地跟我说，在童年美好的时光中，我们是时间的富翁，无论怎样挥霍，仍是那样富有。

看着他天真无邪的幸福表情，我不得不打心底羡慕他。是啊，已步入中年的我们，虽然生存能力越来越强，生活条件越来越好，但在时间面前，我们却越来越贫穷了，我们再也没有挥霍和浪费时间的资本啦！

生命是一条河，终将汇入大海，人生是一场戏，总得留些回忆。

许三多说，活着就是要做有意义的事，做有意义的事就是要好好活！

关于时光（二）

早饭，我最先吃完，出门前例行和儿子告别，想起他昨天关于时间的话题，不由加了一句感慨，"真希望时间过得快一些呀！"

儿子不解地问："为什么呀？""这样就可以早点到月底，早点领工资呀！"我边回答边关上房门，还是听到屋里一阵哈哈大笑。

致孩子的童年

　　晚上回家刚一进门，在房间做作业的儿子便兴奋地大声喊道："老爸，快过来一下！"我一进房间，他就得意地地把刚发下来的语文、数学试卷给我看。都是 100 分！我高兴地说："儿子真棒，爸爸赏你一个！"然后情不自禁地在他额头上亲了一口。

　　他赶紧擦了擦额头，有点不高兴地埋怨道："老爸，我不喜欢这样的奖赏！"我调侃道："你小时候不是喜欢爸爸亲嘛？"他马上反驳道："小时候是小时候，我现在都三年级了呢！"末了还调皮地加上一句："况且小时候你亲我也没刚吃过鱼就亲呀！"

　　于是意识到，和孩子的交流又进入一个新的阶段了。又想起孩子两岁多第一次会闹情绪，一个人躲在墙角生闷气的样子；想起他第一次让我指挥，帮我拿袜子的那一刻的感动；想起第一天送他上幼儿园，看他哭得稀里哗啦的可怜样子；想起你一叫他亲，他就高兴地扑过来在你脸上亲上一口的幸福感觉。

　　这些情景历历在目，却慢慢走远，再也回不去了，正如前些天和同事聊天时说到的，要多和孩子在一起，珍惜能和孩子亲密的时光，因为过了某个阶段，你就没法再和他这么亲近啦！

　　在父母眼里，孩子永远停留在我们的记忆里；而孩子，却一直在慢慢长大！

爱的表达

　　周日下午出去办事，晚上回来儿子已经睡了。周一早晨我早早起床，要走好一段路赶回单位上班，看着儿子熟睡时的可爱模样，想到值班的一周又见不着他了，心里有些内疚和不舍，于是轻轻地把他摇醒。

　　儿子显然还没睡够，被吵醒后显得有些不耐烦，揉着眼睛冲我埋怨道："老爸，我又不用这么早起床，干吗又把我吵醒呀？"

　　虽然听到的是儿子带着责怪的话语，心里却觉得安慰和满足，毕竟是和儿子说上话了。

　　爱，有时候不一定是讨好对方，让对方开心，有时候也可能仅仅是为了引起对方的关注，仅仅是想听听对方的声音了。

二十年后回故乡

国庆假期，学校给孩子布置的作文题目是《二十年后回故乡》。儿子一早来问我，这篇作文要怎么写？我问他，知道故乡在哪儿吗？他说知道是武平，但回武平的次数太少，印象不是很深，能不能写福州呀？

我说那也行，福州也算是第二故乡了。儿子又说，老师要求想象要合理，还要符合儿童的视角，不能太深奥，那怎么写呢？

我说，那你就想现在人们最想要解决什么问题，然后想象二十年后解决落实的具体情况，要充满正能量，要往好的方面想。

比如交通。走到东街口，再不见拥堵的车流，再听不到司机们烦躁地按出刺耳的喇叭声，更多人选择自行车出行。正开车在五四路办事，突遇一场大暴雨，但五四路再未变成五四河，雨中车辆正常行驶，雨后行人悠闲行走，路面也见不到积水。

比如环境。安泰河、晋安河都变得清澈见底，鱼儿在水中欢快地游来游去。去了一趟超市，看到人们都拎着菜篮子，再不见随处可见的塑料袋，门口也没有了大堆大堆的白色垃圾，路旁都是郁郁葱葱的花草树木。儿子点点头，说有思路了，马上就开始动笔了。

可我转念一想，这不就是二十年前的福州嘛！

童心如画

毕业季随想

最近看朋友圈，除了世界杯，晒得最多的，就是晒娃的毕业纪念了，从幼儿园到小学，再到中学，每一场毕业都显得那么神圣。声势浩大的毕业典礼，制作精美的微电影，无不显示出浓厚的仪式感。偶尔在街边听见路人调侃，现在随便一场小孩的毕业典礼，都比以前的结婚仪式还隆重。

我回想了一下我的毕业纪念，幼儿园，没印象；小学，一张毕业照；中学，两张毕业照（初中一张，高中一张）。记得上次得知儿子班里要拍毕业微电影时，我问儿子，要不要参加拍摄呀？他似乎满不在乎，回答说都可以。但我还是毫不犹豫地报名了。我想，毕业纪念也许不仅是孩子的喜好，更是大人想要弥补的一个遗憾，想要留下的一份纪念。

今天是孩子的小学毕业典礼，看着他兴高采烈地拿回来毕业证书，我在想，我应该给孩子留些什么纪念呢？若干年之后，什么最能勾起他对童年的回忆呢？于是我就想自己就希望当年父母能给我留下什么纪念，想来想去，我觉得应该把孩子的作文本保存下来，等他长大成人时，再看到这些文字，他一定会很快地找回童年的感觉。

听听，秋的声音

听听，秋的声音，小溪缓缓流动，"哗哗"是与山谷告别的声音。

听听，秋的声音，秋风吹过田埂，"呼呼"是为田野吹奏的最后一首乐曲。

一列列大雁掠过田野，撒下阵阵暖暖的叮咛，看，一些动物在准备过冬的粮食，热闹得很呢！

秋的声音，藏在每一寸土地上，在每一颗麦子里，在每一株树苗里，在每一个苹果里。

听听，秋的声音，从远方匆匆地来，向远方匆匆地去。听听，我们听到了秋的声音。

（三年级作文）

秋天的图画

秋天的图画，原本被锁在大自然的保险柜里。然而，有一天，秋姑娘拿到了保险柜的钥匙，把秋天的图展现在大家眼前。

秋天的图画，上面有用过一盒五彩缤纷的颜料。你看，她用黄色把银杏树抹得黄黄的，还把它的叶子画得像一把把小扇子，似乎是在驱赶夏天留下的最后一点炎热。红色是用来涂抹枫叶的，看，枫林比火还红，一片片枫叶像一把火，把人们身上的短袖、T恤给烧没了，给他（她）们换上了棉袄、羽绒服。看，田野成了金色的海洋，远远望去，像一座大大的金矿，在闪闪发

童心如画

光。菊花用的颜色更多，紫红色，淡黄色，粉红色……鲜艳的菊花在田野上频频点头。

秋天的图画，告诉大家，不要老盯着春天的美呀，注意一下秋天的美嘛！别人认为春天最美丽，可我要说，秋天也同样美丽。

（三年级作文）

生命的意义

我常常想：生命的意义是什么呢？

我家对面以前是栋居民楼，拆迁以后，只留下了一地的残砖碎瓦、建筑垃圾。久而久之，猫狗都懒得去了。在这样恶劣的环境下，在墙角下居然冒出了一截小冬瓜苗。小冬瓜苗一天一天地长大，天气却在一天天转冷。当时是冬天，可冬瓜一般是夏天生长的，周围的植物们都经受不住严寒，一个一个枯萎了。唯独这株小冬瓜苗，在这样恶劣的情况下非但没枯萎，居然还结出了两个毛茸茸的小冬瓜！从这株小瓜苗身上，我发现生命的意义是不屈向上。

北美洲有一种蝉，习性十分奇特，它会埋在地下 17 年，出土并羽化成虫后却只能活短暂的 4 到 6 周。在它微不足道的身躯中，包含着一种多么强大的忍耐力啊！竟使它愿意用漫长的地下 17 年来换取短暂的地上 4 到 6 周。从这种蝉身上，我发现生命是一个积蓄的过程。

澳大利亚有一个残疾人，叫尼克. 胡哲。他生下来就没有四肢，仅有和左臀相连的两个脚趾。也就是这样一个一残疾人，从胡哲大学毕业时，他已会了游泳、打高尔夫球、打字、钓鱼、骑自行车等多项正常人都难以做到的事情。我从尼克身上，发现生命的意义是自强不息。

虽然生命短暂，但是，我们却可以让生命活得更精彩、更有价值，我一定要做到不白白糟蹋生命，活得更有意义。

（四年级作文）

二十年后回故乡

时光过得飞快，一眨眼间，二十年过去了。我已三十多岁，拥有博士学位、博士后学历，在美国的一家大金融公司出任 CEO。

最近，由于一点金融纠纷，需要我亲自赶回福州解决，于是我马不停蹄地赶往福州。福州，是我的故乡。而我十几年没回故乡了，自然十分想看看阔别已久的故乡现在成了什么模样。

出发时，天阴沉沉的，我就觉得要下雨了。经过五四路时，没有预兆地下起了大雨。十几年前，每下一场大雨五四路就会内涝，可现在，放眼望去，商家依然开着门，再看地面，充其量只能叫"积水"，哪里会内涝？

招手打了辆车，来到了乌山公园。这时，雨已停了。天哪！我看见乌山公园上方花团锦簇，远远望去，俨然是一个"花钟"！现在，那条长长的指针正指向"1"，而分针，却指向由闭合的牵牛花构成的"12"，太美丽了！

走过安泰河，我惊奇地发现，安泰河水不像从前那样浑浊了，而是清澈得能看见水底的沙石，甚至还有小鱼在里面游泳。垃圾和以前那股挥之不去的恶臭，全部消失了。

打车回去时，师傅问我："小伙子，你是外地的？""不是，

童心如画

我是很久没回来了，今天来转转。""哦，告诉你，我们的地铁四通八达，去稍微远一点的地方，坐地铁比打车省钱多喽，还快呢。"

人们把福州改造成这样，是为国争光。我们在国外工作，更得为国争光！

（五年级作文）

在挫折中成长
——读《爸爸的花儿落了》有感

著名作家林海音写了一篇《爸爸的花儿落了，我也不再是小孩子》，这是他在《城南旧事》中的最后一篇，小说的主人公英子才十二岁，童年却已离她远去。大病中的爸爸知道自己已病入膏肓，时日不多时，便要求英子独自历练，自己监督好自己，学会克服困难，以此来培养英子的独立生活能力。在此期间，英子通过爸爸的培养，快速成长着。可她心中，对童年是有多么不舍啊！爸爸最终溘然长逝，英子也终于明白了责任是什么，成长又是什么，也学会了克服生活上的困难。

读完这篇文章后，我不禁掩卷沉思："成长是什么？"在没读这篇文章之前，我曾多么天真地以为："成长，不就是一个人自然的长高长大吗？"而现在，我开始了更深层面的思考。成长，不仅仅是长高长大，更要有思想的成熟。

那么，如何让思想变得成熟呢？我想，只有通过挫折的历练，我们才能真正成长起来。英子原来也是一个和我们一样天真无邪、贪玩的孩子，在经过爸爸给她的历练后，她才变得成熟起来。爸爸去世的噩耗传来，她能够冷静坦然地接受这个事实，作为长女，勇敢地承担起照顾弟弟妹妹的责任。

回想之前爸爸妈妈为了给我历练，让我单独去军营参加军训，让我自己去菜市场买菜，教我做饭洗衣服。我曾以为这些对我来说就是很大的锻炼了，可现在看来，和英子的经历对比起来，这些是多么微不足道呀！

成长，是每个人生命中一段必不可少的旅程。成长中，有自豪的时候，也有让你不愿想起的片段，但是，无论这些在成长中发生的事对错与否，你依然要沿着成长的道路走下去，不管面对多大的困难和挫折，我们都要温暖地成长。

我对书情有独钟

高尔基说："我扑在书本上就像饥饿的人扑在面包上。"我也正是这样。我对书情有独钟。

一进我家的门，你就会发现这里到处都是书，沙发上、茶几上、餐桌上、床头边……学习之余，坐在沙发上，随手就能摸到一本书，津津有味地看起来，也不失为一种惬意的享受！其实，不管在哪，只要想看书总能马上找到。它们就像空气一样，无处不在。

每天睡觉前，我总要看一会书，再喝一杯香醇的纯牛奶，书香伴我入眠，连梦都是香甜的。

我家有两个大书架，但仍不够用。只好将书柜中的部分不常用的书"移民"，整一整放在墙角边。妈妈说我是个"小严监生"，我小时候看的书，甚至小学时看过的课外资料我都舍不得送人。有时翻翻它们，也唤醒我很多的记忆。当然，这些也加重了书堆的负荷。很快，墙角就堆不下书了，很多的书还只能"散养"着。

虽书满为患，可每次逛书店看了半天后我还是忍不住买上几本。古人有云"书非借不能读也"，我并不这样认为。我家的书基本上是我精心挑选的，我对它们那是百看不厌。有时，本想到书柜中拿字典查生词，看到一本书，翻开来，不知不觉看得入迷，竟忘了自己要做的事情。很多时候，我从书柜中抽出一本书就看起来，腿站麻了，就势坐在地上。妈妈常对此哭笑不得。

其实，我们一家都是读书之人。老妈是个爱书如命的人，身为语文老师的她跑学校图书馆那叫一个勤快啊。这也为我们家的书架增添了不少珍贵的书籍。因为常年泡在学校图书馆中，我家的饭总是煮得晚些。就连我那年过六旬的爷爷也是个地道的书迷。我家离爷爷家十分远，每当他来我家小住时，总是带着一袋子的中短篇小说集，然后戴着眼镜看得如痴如醉。奶奶为了此事说了爷爷好几回，可爷爷总是呵呵一笑，不置可否。

"我钻故纸如痴蝇"，书是我如影相随的伴侣。旅游的时候，我总是不忘带上几本书。漫长而无聊的旅途，因有书的陪伴而充满情趣。书，我对你情有独钟！

（六年级作文）

亲情如酒

亲情如酒，或清柔，或浓烈。时间越久，越觉醇厚。

我的伯父

伯父、伯母、姑妈、堂嫂来福州了。

伯父已经二十几年没来福州了，这也是我回福州后他第一次来。刚好我在转业待安置期间，所以就有时间认真地进行了规划，全程当好司机和导游。

其实也没什么可规划的，他们老是怕麻烦我们，坚决要求在福州只停留一天半的时间，来之前就把返程的票都买好了，而且因为他们年纪大了，也没法安排强度大的行程，所以我就带他们去平潭去看了海、去福建师范大学故地重游、去三坊七巷逛逛。

伯父今年已经 77 岁了，他是 1958 年福建师范大学数学系就读的，1962 年毕业后就在长汀一中任教，之后又根据组织安排去县里乡村中学支教，这一教就是几十年。期间他去过几所乡村中学，每到一个地方都是当时学校第一个本科毕业的教师，都是学校的绝对骨干。

伯父从来不抽烟、不喝酒，不爱应酬，不善钻营关系，只是把自己的时间和精力全部投入所从事的教育事业中，虽然大多数时间都是在乡村中学任教，却也是桃李满天下了。

伯父不是党员，却是最服从组织安排的，作为当时绝对被称作天之骄子的大学毕业生，被分配到偏远的乡村中学支教几十年，他居然无怨无悔，从不计较，从不抱怨，要是当时有最佳乡村教师评选，他肯定也是当之无愧的了。

伯父其实也有很多同学在当领导，后来教出的学生也有很多走上了重要的领导岗位，但伯父从来没有因为自己的事找过他们，从来没主动要求调动工作，依然专注于自己的教育事业。直到 20 世纪 80 年代，伯父才因工作需要，调回县教育局，担任中学教研室副主任，专门从事教学研究和教师培训工作。

我刚到县一中读初中的时候，家里因为担心我一个人从镇里到县城学校吃住不习惯，就让我住在伯父在教育局的宿舍里，那时几个堂哥都去外地上学了，伯母还留在镇里的家里操持家务，我就和伯父一起生活了半年。那时教育局的宿舍和厨房是分开的，伯父一间宿舍，我一间宿舍。那时伯父对我总是宠爱有加，教我洗衣服，给我做饭，他外出的时候我就自己去食堂打饭回来吃。那段时光幸福而难忘。

后来我适应了学校的生活，也觉得在学校住宿更新奇更有伴玩，就跟伯父要求搬到学校去住宿了，但每周都要抽一天到伯父那儿报到。每次伯父都会做很丰富的一桌菜，每次都会让我吃到肚子实在撑不下去。每次吃完骑自行车回学校，我总会觉得幸福满满，觉得自己是一直在爱的温暖里长大的孩子。

在师大故地重游的时候，虽然经过了 50 多年的风雨变迁，校园早已是物非人非（据伯父说现在还没变的就是校门旁边的足球场和上坡处的化学系的红房子），但伯父仍能清晰地回忆校园从前的建筑，饶有兴致地给我们介绍当时的学习生活情景。

离开师大校园的时候，伯父感慨地说，他们当年在一起的同学，已经有一半以上不在人世了，我听后也顿觉伤感。我想，无论多忙，都不能忘了去回馈我们对父辈的爱；无论多累，都不要懈怠我们对孩子的爱。因为，再不孝顺和珍惜，我们可能就会失去机会，留下遗憾；再不传递爱的火种，我们老了也许就会孤单，一无所有。

十年前关于父亲的随笔

我爸是个教师，看起来好像有些威严，为了家庭开支和我们兄弟俩的学费还是承担了许多压力的，最困难的时候把烟都戒了，但对我们兄弟还是非常关心的。在我们小的时候，他经常教我们唱歌，带我们去游泳、捞鱼，他的体育十分好，经常参加比赛，每次比赛都把我和我弟一起放在自行车后座上，我们经常感觉和我爸像朋友一样。

虽然随着年龄的增长，这种朋友的感觉越来越少，但他对我们的爱却始终未减。我们兄弟都参加工作后，各自成了家生了孩子。我爸去年也退休了，和我妈一起去洛阳帮我弟弟带小孩，全家的生活也逐渐好起来了。我爸现在就担心我，每次回老家路过福州，都要拿钱要我给儿子买衣服买玩具，跟我说："现在家里就你就苦了，有什么事你要跟我们说哦！"我就说："爸，我已经很好了，我也长大了，你们不用担心的。"

上次去洛阳全家团聚，我感冒了，一直咳嗽，我自己都觉得没什么，他却去买了好多药，一定要我吃。我有时不想吃，敷衍他说吃了吃了，他就检查我的止咳糖浆，生气地说："早上刻度就在这里，现在还在这里，还骗我！"我就只得乖乖地吃药，不过心里还是特别感动的。在父母眼里，孩子永远是长不大的！

十年前关于母亲的随笔

我妈是那种特别纯朴善良的农村妇女，对我们兄弟两个总是疼爱有加，从小到大都尽量不让我们多干家务活。即使到了我的孩子出生后，我妈一人过来帮我带小孩，也总是不让我干家务活，让我安心工作。

每天早上，我妈总是第一个起床，把早饭准备好，等我们吃完早饭上班后再打扫卫生、出门买菜。晚上要把所有衣服洗好晾好，甚至睡前还要把我的肩章、臂章、领花等都安好，弄得我比单身汉还幸福。连我爱人都告诉她不要太宠我了，让我多干点活，而她总说我上班太累了，在家要休息一下。

我儿子两岁的时候，喜欢骑自行车，骑得飞快但不稳。因为怕他摔跤，他每次骑自行车时我妈就跟着跑，一圈又一圈，半年我妈就瘦了十几斤。不过我妈身体倒是锻炼得更好了。当她离开福州去洛阳给我弟弟带小孩后，邻居老太太见到我还常提起这个场景，说我妈人真的很好。

91

十年前关于弟弟的随笔

　　我弟是个医生，虽然收入高点，但是工作很忙。小时候，我们是全村兄弟感情最好的一对，我们天天一起勾肩搭背去上学，我经常带他跟我的伙伴们一起爬山采野果，一起打球，我们伙伴们当中，只有我们是兄弟一起参加的。

　　在县城上高中的时候，我是高三（四）班，他是高二（四）班，我们的班级正是楼上楼下，而且巧的是我们的座位号都是26号。

　　那时我们都在学校寄宿，学习挺累的，我爸妈怕我们营养不够，就每周从家里带些生鸡蛋来。我每天下午蒸饭时，把鸡蛋放在饭里一起蒸。十点晚自习下课后，我弟就到我宿舍，拿出沾满饭粒的鸡蛋，兄弟俩一起吃，现在想起来感觉都挺温馨。

　　我参加高考的时候，我爸借了一间教师宿舍，我弟专门来给我做饭。后来他跟我说，每次我进考场后，他都跑到学校的后山，那里可以远远地看到我的考场。据说我爸也来了几次，问我弟我考试的情况，但了为怕给我压力，影响考试，所以考完后才告诉我。

　　我在福清偏远小山村工作的时候，我弟为了看我，转了好远的车，到山上时已经很晚了。由于条件有限，我就煮了一锅鸡肉粥一起吃，他说这是他吃过的最好吃的粥，他还告诉我，我一直都是他的骄傲，是他永远崇拜的偶像。

每次去洛阳，只要他有空，都跟我在一起，有时晚上很晚下班，也要约上几个朋友，带我去吃夜宵，兄弟在一起，总有说不完的话。

只希望他在这么忙的工作中，多多保重身体。

十年前关于爱人的随笔

　　爱人是名中学教师，是属于贤妻良母型的，在家里总是把家务活安排得清清楚楚，连我要干的家务活都安排得好好的。

　　除了工作和家务活，她基本上都在陪着儿子，儿子的教育也基本靠她。她会非常耐心地引导儿子养成好习惯，而且往往通过讲故事的形式让孩子慢慢去理解、去接受，所以孩子的健康成长，主要是她是功劳。

　　对我的工作，她也非常支持，有时我晚上加班或者有应酬，她都是一个人带着孩子，也没什么怨言。有一次我去外地出差一个星期，她一个人要上班，要接送小孩上学，晚上还要做饭、给孩子洗澡什么的，她竟然也能坚持下来，所以我一直觉得她对家庭的贡献远远比我大。

　　结婚时间长了，生活琐事多了，我感觉自己对她的关心也少了，经常觉得有些愧疚。爱人的人缘特别好，不管是与同学、同事、邻居，还是我的同学、同事，都处得特别融洽，我同事的家属都喜欢和她一起逛街，所以许多同事都对我说，真羡慕你找了这么一个好老婆。

　　我也觉得，能拥有这样一个爱人真是很幸运。

十年前关于孩子的随笔

儿子快四岁了，聪明可爱，爱人说，成功的教育应该是和孩子成为朋友，我觉得我这点还是做得不错的。儿子每天放学回家看到我，都会特别兴奋地跑过来要我抱一下，甚至会忽然咬我一口，有时我正和别的同事说话，他就站到旁边说："爸爸，今天还没抱我呢？"我把他抱起来一下，然后他又开心地跑开了。

儿子说起话来特别好玩，鬼点子也特别多，经常把别人逗笑。今年暑假过后他不想上学，就偷偷跟我说："爸爸，今天我跟你一起上学，我们把幼儿园炸掉，这样就可以不用上幼儿园了，幼儿园一点也不好玩。"有一次他参加演讲比赛，上台后看见我在台下，非常高兴，介绍自己的时候都直接说成我的名字，我在台下忍俊不禁。

儿子其实也很懂事，我和爱人都在忙的时候，他就一个人安安静静地在房间里看他的幼儿画报或者拼积木。有时我们下班晚，就请别的家长去幼儿园的时候一起接他回来，他就乖乖地跟着到先别人家玩。因为我们的小孩上幼儿园后都是我们自己带，而院子里别的小孩都有老人帮着带，所以我们没办法照顾得像别的小朋友那么细心周到，有时觉得挺心疼的。有一次我在车上和爱人有争吵，声音比较大，我儿子就说："你们又吵架啦！"我们马上停止争吵，然后他就过来使劲地拍拍我的后脑勺，像个大人一样说："爸爸，你很鸟啊?"我和爱人忍不住笑出声来。

儿子有时比较调皮任性，跟我没大没小的，有些同事就跟我说不能对小孩太宠了，会宠坏小孩的。其实对小孩，我也不知道怎样教育最好，不过我总觉得，最重要的是，我要让他一直感受到我们的爱，让他学会感恩，学会去爱别人，一直把我们的爱传承下云。

多和老人在一起

昨天上午全家去花海公园看油菜花，我看见一大群老头老太太穿着统一的服装，在公园的空地上跳操，原以为是普通的广场舞，走近一看，跳的却是他的所谓的赞美操。音箱里播放的乐曲重复着"公平公正，积极向上"的歌词，一位老头还在边跳操边向路人做宣传。我想，这即使不是什么邪教组织，也是一群被洗过脑的老头老太太。

晚上和几个同学一起吃饭，席间又谈起一些年老的父母被骗被洗脑的事情。比如会花四五千元买个所谓可以降血糖、降血脂的腕带，会花几万元买张所谓有神奇疗效的按摩床，有位同学的妈妈被人带去参观私人养老院后，回来甚至跟孩子说，子女都不可靠，还是养老院比较保险。

这些听起来似乎有些荒唐，不可思议，却经常在我们身边发生。如果我们静下来想一想，也的确是情有可原的，试想，在我们这个知识日新月异的时代，判断力逐渐降低的老人们，又怎敌得过江湖骗子们的花言巧语呢？

于是有个我们不得不思考一个问题，怎样让我们年老的父母们不再上当受骗？

我想，老人们容易被洗脑大多是因为他们的生活太单调、情感太空虚的缘故吧。孩子们都在忙工作，也没多少在一起交流的时间。在这样的情况下，外人的一点关怀，就会让他们觉得温暖，这也是骗子们能很容易取得他们信任的原因吧！

那么，要让老人们不再上当受骗，我们真的要多花些时间和他们交流，帮助他们提高免疫力。其实，父母们都是很渴望和孩子们交流的。

记得我爱人怀孕的时候，我妈从老家过来帮忙照顾。刚来时我妈人生地不熟，普通话也说不好，每天忙完家务不知道有谁可以说说话。我那时上班的单位离家较远，单位也规定只有周末才能回来，于是每到周末，我妈都要站在窗口，望着小区的大门，等着我回来，常常都会眼巴巴地在窗口站上一个多小时。而我每次回来看到我妈那期待的眼神，都特别感动，也特别心酸和内疚，所以一有时间，我就陪着她聊天。

有人问，要让一块土地不长草，最好的办法是什么呢？有人回答洒上除草剂，有人说是抹上水泥。其实都不对，要让土地不长草，最好的办法是在土地上种上庄稼！我想对于老人，我们也应该多和他们交流，以我们的正能量给他们的情感世界种上庄稼，让骗子们花言巧语的草无处遁形！

写完这些时候，我又在想，已步入成年的我们，也在慢慢地变老，那么，我们怎又怎样保证年老的我们不空虚、不糊涂呢？

我想，有个好的圈子，有我微信圈里的好友，有我羽毛球球友，到老了我们可以一起散散步、喝喝茶、聊聊天，汲取他们身上的那份正能量，保持心中的那份热爱，我应该不会那么空虚、那么糊涂吧！

我与自行车的故事

　　第一次对自行车的记忆，是读幼儿园的时候，爸爸代表学区篮球队去参加镇里的比赛。赛场设在化肥厂的厂区，离我家有一点距离，其实也就一公里左右，在现今每天步行上万步的今天，真的算不上什么距离。但在小时候，我却觉得很远。于是爸爸会向邮电局的朋友借辆邮政自行车，就是后座两边有折叠行李架的那种，爸爸每次把折叠架打开，我和弟弟各坐一边，就这样欢快地坐车去看爸爸的比赛。

　　小学三年级的时候，爸爸被调到一个乡村小学去当校长，乡村离镇里有六七公里，是那种用沙石简单铺起来的土路，爸爸就买了一辆自行车，每周一大早骑车去上班，每周六下午骑车回来（那时是五天半工作制）。

　　我小学五年级的时候，也和弟弟一起转学到爸爸所在的学校读了一年，和爸爸住一个房间。每周一上学和周六下午放假的时候，爸爸就把弟弟放在前三角杠上，我就坐在后座，虽然一路颠簸，我和弟弟却都很开心。

　　那时候，我也学会了骑自行车，但那种老式的自行车车架都很高，我个子太小，没办法跨上去，只能两双脚跨过三角架，然后上下蹬踏板行走，当时这种骑法叫"三角蹬"。由于踏板只能

亲情如酒

上下反复，无法循环转圈，而且我还不能坐在车座上，只能一直站着蹬，这种骑法其实非常累，也比较危险。记得有一次，我一个人骑车回家，在一个长下坡的地方没刹住车，人就从自行车头前飞出去好几米远，腿上和脚背上都是血。我当时也敢告诉大人，忍着痛回家在房间里睡了一下午，后来家里人问起来才告诉他们，我的脚上至今也还留下一小块疤痕。

小学升初中的时候，我考上了县里的一中，爸爸为了奖励我，给我买了一辆自行车，记得那车是福建生产的，"仙女"牌，当时的价格是 180 元，这在当时也算是比较大的开支了。记得爸爸带着我到县城的百货商场，买了车骑回来时。我高兴坏了。

于是初中、高中我就一直骑自行车上学，从镇里到县城是 11 公里，柏油路，路旁还有整齐的大树。我住宿在学校，每周天下午就要把一周要吃的米装好袋绑在后座上，然后骑车去学校，有时候是和同学一起，更多时候则是一个人。不管田里农活有多忙，每次我要出发的时候，妈妈都会赶回家送我到家门口，把一些可以保存得久一点的菜装到罐子里塞进米袋。

高中毕业我上了军校，再到部队工作，就很少有机会再骑自行车了，但对自行车一直有种特别的亲切感。朋友偶尔骑自行车来停在我身旁，我总忍不住骑上去找找感觉。

转业到地方后，我的单位离家不远不近，骑自行车正好，我就买了一辆自行车，每天骑车上下班，在市区办事的时候，只要不是太远，也基本都是骑自行车，心里越来越喜欢骑车的感觉了。

最近，我发现儿子也喜欢骑自行车了，但之前都是先在车座上坐好再骑的，于是我就教他前跨式上车、后跨式上车的技巧。我也告诉他什么叫"三角蹬"，虽然随着自行车的改进，这种骑法再也用不上了，他也依然听得入迷，觉得很新奇。

我每次送他去华林路学围棋，他都要自己骑自行车。于是，他骑便民自行车跑在前面，我骑自己的车跟在后面。看着他在前面欢快骑车时候，等红绿灯时两辆自行车并着靠在一起的时候，我都感觉很惬意。

调味生活

感觉儿子上中学后，学习压力增加了许多，回到家也没那么欢快了，很明显的变化就是，洗澡时都不唱歌了。我就在想，平常应该多找机会和儿子调侃一下，让儿子适当放松一些。

最近天气有些冷，从来不穿秋裤的儿子也开始穿秋裤了。他个子长得快，已经跟我一样高了，每天早上起来都跟我抢秋裤穿。前几天下雨，衣服干得慢，秋裤更显得抢手。一天早上起来，我发现头天晚上放在床前椅子上的秋裤找不到了，又发现儿子若无其事地坐在餐桌前吃早餐，我就猜到什么情况了，就问他："你是不是又穿老爸的秋裤，让老爸无秋裤可穿？"他就忍不住在那儿哈哈大笑。

晚上回家路上，想着很久没给儿子买水果了，今天刚发工资，我就在路旁买了一大盒樱桃带回家。儿子看见这一大盒樱桃，很高兴地说："老爸很牛呀，已经具备土豪的一半气质啦！"我问："哪一半？"他说："土！"然后咯咯咯在那儿偷着乐。

看着他开心的样子，我就觉得很欣慰。